Rudolf Huch

Eine Krisis

Rudolf Huch

Eine Krisis

Unveränderter Nachdruck der Originalausgabe von 1904.

1. Auflage 2022 | ISBN: 978-3-36841-221-0

Verlag: Outlook Verlag GmbH, Zeilweg 44, 60439 Frankfurt, Deutschland
Vertretungsberechtigt: E. Roepke, Zeilweg 44, 60439 Frankfurt, Deutschland
Druck: Books on Demand GmbH, In de Tarpen 42, 22848 Norderstedt, Deutschland

Eine Krisis

Betrachtungen über die gegenwärtige Lage der Literatur

von

Rudolf Huch
Verfasser von ‚Mehr Goethe‘

I.

Wenn jemand einem andern vorhielte, der Schnitt seiner Weste entspräche nicht den ewigen Weltgesetzen, so würden, glaube ich, auch die Leute, denen der Schnitt ihrer Weste Herzenssache ist, den Ausdruck nicht ganz in der Ordnung finden. Wenn aber jemand von einer modernen Weltanschauung redet, so findet keiner etwas zu erinnern, und es ist doch derselbe Unsinn: Mode und Ewigkeit sind Gegensätze.

Für ganz hervorragend modern gilt es, an die Spitze der Betrachtungen die These zu stellen, Geist sei nie ohne Materie gefunden. Daraus wird denn abgeleitet, die Gottheit o f f e n b a r e sich nicht allein nur in der Materie, sondern habe außer ihr auch gar keine Stätte.

Daß dies nichts weiter ist, als der alte wohlbekannte Pantheismus, spricht ja f ü r die Modernität, denn alte Moden werden bekanntlich immer einmal wieder neu. Richtiger wird dadurch freilich weder die These noch die Schlußfolgerung.

Daß noch kein Geist ohne Materie gefunden

wäre, bewiese nichts gegen sein Dasein; mit demselben Rechte könnte man behaupten, es gäbe keine Naturkräfte außer den jetzt bekannten, was eben in unsern Tagen ein recht plötzlicher Einschnitt wäre. Aber wer sagt denn, es sei nie ein Geist ohne Materie „gefunden"? Das ist die nachgerade überhandnehmende Verwischung der Grenzen der Naturerkenntnis. Diese stützt sich durchaus auf die Wahrnehmungen unserer Sinne, und die sind gar nicht geeignet, Geist ohne Materie wahrzunehmen; deshalb sprechen wir ja von dem Übersinnlichen. Wenn es einen solchen Geist gibt, so kann er sich nur dem Innern zeigen. Das Walten einer übersinnlichen Macht läßt sich nicht in dem gewöhnlichen Sinne finden, sondern nur ahnen, innerlich erleben. Solche Erlebnisse sind jedermanns eigene Sache; man spricht nicht gern über Höchstpersönliches.

Ferner: wer heißt uns denn, das Übersinnliche Geist zu nennen? Auch hier wissen wir wieder einmal nicht, wie anthropomorphisch wir sind. Ich denke, wir bescheiden uns damit, daß es nichts Körperliches sein kann. Es wird von keinem Ehrlichen bestritten, daß gewisse seelische Fernwirkungen in einzelnen Fällen beobachtet sind. Ebensowenig bestreitet die **ehrliche** Naturwissenschaft, daß sie diesen Fällen ratlos gegenübersteht. Das ist auch verständiger, als Er-

klärungen an den Haaren heranzuziehen, wie zum
Beispiel ein sonst ernsthaft zu nehmender Ge=
lehrter einen unbekannten Stoff der Atmosphäre
eigens dazu vermutet, die Fernwirkungen zu ver=
mitteln. Die Frage, wie die Seele es anfinge, den
Stoff durch so weite Fernen auf einen bestimmten
Punkt zu dirigieren oder ihn von einem solchen
an sich zu ziehen, scheint dem Herrn nebensächlich
zu sein. Wirkungen durch **zeitliche** Fernen
hindurch muß er natürlich leugnen.

Gewundert hat es mich kürzlich, von einem
klugen Manne zu lesen, zwar hätten Leute wie
Kant und Goethe an solche Fernwirkungen und
ihre transzendentale Natur glauben können, nun
aber sei das unmöglich, weil — die anthropozen=
trische Weltanschauung seitdem endgültig beseitigt
wäre.

Es müßte nachgerade in der guten Gesellschaft
des Geistes kompromittieren, eine so abgedroschene
Phrase zu wiederholen. Wenn die Entwicklung
von der Urzelle bis zu uns lückenlos nachgewiesen
wäre, was wäre dann weiter getan, als daß wir
uns als Erscheinung, als Glied in der Kette der
Kausalität, beschrieben hätten? Mit unserm **ab=
soluten** Dasein, wenn wir sonst an ein solches
glauben, hat das nichts zu tun. Auch können
wir für unsere Stellung als Mittelpunkt der
Schöpfung nach wie vor unbesorgt sein. Ist denn

diese Erde weniger göttlich, weil sie sich, vermutlich, aus einer gestaltlosen Nebelmasse entwickelt hat?

Sollte es nun wider Erwarten jemals gelingen, jene Wirkungen natürlich, das heißt körperlich, zu erklären, so würde auch dadurch nichts Wesentliches geändert. Durch alle das kann weder das Dasein noch das Nichtsein einer Welt hinter dieser Wirklichkeit bewiesen werden. Man sollte es überhaupt nicht für möglich halten, daß ein Jahrhundert nach Kant immer noch solche Beweise versucht werden. Die Schuld trifft die Naturwissenschaft. Es ist die eigentlich selbstverständliche Reaktion gegen ihre unlogische Verneinung des Übersinnlichen, wenn dies Übersinnliche von der andern Seite durch Beweise zu stützen gesucht wird.

Ein sehr gescheiter Publizist hat sich förmlich in die Deduktion verbissen, die wunderbar vollkommene Organisation der Natur sei ohne bewußte Schöpfung nicht zu erklären.

Wer nicht zeichnen kann, dem gelingt es wohl, durch einen raschen Schwung der Hand, den er sie gewissermaßen unter ihrem eigenen Kommando ausführen läßt, eine regelrecht ovale Linie zu ziehen. Wenn er ihr aber das Kommando entzieht und sie mit Bedacht leitet, wird ihm das Oval nie und nimmer gelingen.

Ich glaube, daß es sich mit allen Schöpfungen der Natur ähnlich verhält. Die unglaubliche Vollkommenheit des Kristalles, der Pflanze, überhaupt des Natürlichen, gelingt nur dem Unbewußten. Der Verstand muß zwischen unendlich vielen Möglichkeiten wählen, für die Natur gibt es nur die eine. Nur daran ist festzuhalten, daß kein Naturforscher der Welt jemals erklären wird, wie die Natur es anfängt, zu schaffen, daß sie alle vielmehr schließlich mit Goethe das Unerforschliche zu verehren haben, und daß die sogenannte Welterklärung Häckels der plumpe Übergriff eines Fachmanns in das Gebiet des Absoluten ist.

Die Lehre vom Überleben des Tüchtigsten sagt nur, warum von den jeweils vorhandenen Wesen die tüchtigsten übrig bleiben, nicht aber, warum ihre Nachkommen über sie hinauswachsen, mit andern Worten, warum die Welt fortschreitet. Die Tatsache, daß sich die höhere Ordnung der Welt, die Kultur, aus dem Chaos entwickelt hat, erklärt weder Darwin noch gar die mechanische Weltanschauung, sondern sie ist transzendental. Daraus folgt aber noch nicht die Notwendigkeit eines persönlichen, bewußt schaffenden Gottes, denn es kommt auf eins heraus, ob mir die Welt oder ob mir Gott das schlechthin Unbegreifliche ist. —

Wunderbar genug ist es, daß die geheimnisvolle, so ganz ungreifbare Macht, für die wir kein anderes Organ haben, als ein leises Ahnen und eine unstillbare Sehnsucht, gerade den tieferen Naturen, solange die Welt steht, wichtiger gewesen ist, als die Wirklichkeit, die uns handgreiflich umgibt. Immer wieder versucht es die Menschheit, sich von der Macht loszusagen, alles Streben und Sehnen auf das Diesseits zu beschränken, und immer wieder erweist sich das Unbekannte als das Mächtigere.

Der jüngste Versuch, den wir erlebt haben, hat sich in der Literatur als Naturalismus geäußert.

Goethe und Schiller waren der Überzeugung, und der große Realist Goethe noch entschiedener als der pathetische Schiller, daß das Kunstwerk zunächst unbewußt in der Seele des Künstlers geboren wird und dann erst im Objekt gewissermaßen Körper annimmt. Der Naturalismus hat dies Unbewußte, die Idee des Kunstwerkes, geleugnet und es unmittelbar aus dem Objekte herausholen wollen. Die sich hieraus ergebende Tugend ist Bescheidenheit vor dem Objekt, und nach ihr haben alle Naturalisten ja auch gestrebt. Wirklich geübt haben sie allerdings nur vereinzelte, und die sind im Dunkel geblieben. Wem Künstlerblut in den Adern fließt, der teilt auch, absichtlich oder gegen seinen Willen, seinen Geschöpfen von diesem Blute mit. Das bekannteste Beispiel ist Zola, der Bergwerke, Fabriken und Schnapsflaschen als lebendige Ungeheuer empfunden hat. Ohne diese stille Konzession an die Idee wäre der Naturalismus ein totgeborenes Kind gewesen; die echten, orthodoxen Naturalisten sind zum Sterben langweilig.

Innerhalb seiner Grenzen nun hat der Naturalismus schlechthin Vorzügliches geleistet. Das bedarf heute keiner nähern Ausführung mehr, aber auch ebensowenig die Tatsache, daß er der Welt die große Dichtung, auf die sie wartet, nicht beschert hat. Er wird für die Gebildeten späterer Zeiten etwa soviel sein, wie eine tüchtige, aber nur dem Liebhaber zusagende Malerschule.

Wenn die modernen Theorien recht haben, so ist das freilich entweder nicht wahr, oder es ist — Zufall. Wenn zum Beispiel die **bewußte Illusion** das Wesen aller Kunst ist, so sehe ich nicht ein, wieso irgend ein Roman von Zola nicht mehr wert sein sollte, als der Faust, und die große Mehrzahl der griechischen Tragödien irgend etwas anderes als Blech. Wäre es möglich, aus den Schlupfwinkeln der Seelen die Wahrheit ans Licht zu ziehen, so würde sich auch wohl herausstellen, daß diese Wertschätzungen der

Überzeugung der allermeisten entsprechen. Während ringsum lange verfammelt gewefene Quellen fich auftun, während man fich allenthalben darauf befinnt, daß die letzten Dinge fich nicht in ein Rechenexempel auflöfen laffen, graben die Theoretiker der Kunft wie Goethes Schatzgräber unverdroffen nach einer Lehre, die uns das höchfte, was die Menfchenfeele empfinden kann, als chemifches Präparat vorführen foll.

Die angenehme Mifchung aus Geziertheit und Grobheit, die einen großen Teil der heutigen Schriften über literarifche Dinge auszeichnet, hat für diefe Anfchauung einen Jargon gefchaffen, an dem mir immer befonders gefallen hat, daß man jetzt inftinktiv fagt, wo man früher genial gefagt hätte. Man braucht noch kein großes Genie zu fein, um gelegentlich genial zu erfaffen, das heißt ein Verhältnis, das man fich fonft allmählich, Sandkorn auf Sandkorn, aneignet, in einem Griffe aufzunehmen. In folchem Falle fagt heute jeder, der ein bißchen was auf fich hält: mit trefffichererem Inftinkte. Damit wäre denn dem Genie feine Stellung nach dem Kodex der exakten Naturerkenntnis angewiefen; man kann den Satz auch umdrehen: das Vieh merkt mit der Trefffsicherheit des großen Genies, wo es fein Freffen findet. Nur ift zu beachten, daß der fchreibende Schulmeifter im ftillen fich felbft

als den Systematiker dem Instinktgeschöpfe gegen=
überstellt. —

Die moderne Sucht, alles dadurch zu nivellie=
ren, daß man in dem Geistigen nichts weiter sieht,
als ein Erzeugnis der Materie, hat in der Malerei
folgerecht zu dem Grundsatze geführt, es komme
einzig und allein darauf an, wie etwas gemalt sei.

Rembrandt zeigte seine fabelhafte Begabung
auch wenn er einen Fleischerladen malte; aber er
wäre nicht der unsterbliche Maler, wenn er nichts
als Fleischerläden gemalt hätte: es ist eine Hand=
werkerauffassung, daß es gleichgültig wäre, was
gemalt wird.

Echt modern ist die Überschätzung der Land=
schaft im Verhältnisse zum Porträt, die freilich
auch mit dem natürlichen Überdrusse des ge=
bildeten Großstädters am Menschen zusammen=
hängen mag, und damit, daß die Natur das
einzige ist, was er nicht kennt. (Es scheint mir
übrigens, als ob man sich in der bildenden Kunst
doch wieder allgemach darauf besänne, daß es
die höchste und letzte Aufgabe aller Kunst ist,
Seelisches auszudrücken.) Es gibt ja freilich sehr
viel Menschen, in deren Augen die höchste Ver=
körperung der Seele ein Fleischerladen ist, und
sie werden immer in vielen Dingen das große
Wort haben; in Sachen der Kunst haben sie es
aber nachgerade lange genug gehabt.

II.

Von Ilios trägt der Wind den Odysseus nach Ismaros, dem Wohnsitze der Kikonen. Da, erzählt er gelassen, haben wir die Stadt zerstört, die Männer umgebracht und die Weiber und das Vieh unter uns geteilt.

Als es dem herrlichen Dulder nachher schlecht geht, zeigt sich das kleine Abenteuerchen allerdings in einem andern Lichte, er meint nun selbst, Zeus hätte die Sache doch wohl nicht so recht gut geheißen.

Es geht zu den Lotophagen, die glücklich sind, weil sie den ganzen Tag Lotos einnehmen, dessen Heilkraft Vergessenheit heißt. Zu dem Polyphem, der den Menschen die Köpfe zerschmettert und sie frißt. Zu der Kirke, wo sie zu Tieren werden.

Endlich landet der Feldherr in der Heimat ohne Soldaten; die sind alle tot.

Hier in der Heimat werden die Freier der Penelope, die sich wie die Mäuse bei Abwesenheit der Katze betragen haben, ohne ihre Waffen in einen Saal eingeschlossen und abgeschlachtet. Die Mägde, die es mit der unrechtmäßigen Regierung gehalten haben, müssen den Saal vom Blute reinigen und werden dann aufgehängt. Ein treuloser Dienstmann wird auf eine so grausige Art zu Tode gefoltert, daß selbst im Mittelalter ein

„chriftlicher Henker" feine Dienfte verweigert haben würde.

Eine zärtliche Ausfprache zwifchen den beiden Ehegatten — und der Sang ift zu Ende. —

Das ift in kurzen Zügen der Inhalt jener Dichtung, deren **ewige Heiterkeit** fich durch die Jahrhunderte fort erhält.

Aber es ift wohl zu beachten: Über all diefen Greueln fitzen die ewigen Götter. Wen fie lieben, dem können nicht Waffer noch Feuer etwas anhaben; felbft ein Halbgott fchreitet er durchs Leben, und es mag wohl gefchehen, daß ihn nach dem Tode die Unfterblichen in ihre Tafelrunde aufnehmen.

Sollte fich nicht auch der Sänger als Götterliebling, als Bürger überirdifcher Welten gefühlt haben? Er müßte fich ja fonft an den Peffimismus verloren haben. Denn die andern, die ungezählten, um die fich die Götter nicht kümmern, die find freilich übel daran. Sie mögen fich beim Zufalle bedanken, wenn fie nicht gar zu übel gefchunden und nicht bei irgend einer Gelegenheit achtlos wie Ameifen zertreten werden.

Es ift die wundervolle Kunft des Erzählers, die uns diefe feine überariftokratifche Weltauffaffung nicht bemerken läßt. Sobald wir uns ihrer bewußt werden, empfinden wir fie als archaiftifch.

Freilich wird die ariftokratifche Schroffheit, die

antisoziale Gesinnung würde man heute sagen, gemildert durch die naive Hoffnungsseligkeit, die der Lebensauffassung stillschweigend zu Grunde liegt. Auch Sophokles zählt ja in jenem so entschieden pessimistischen Chorgesange die Übel einzeln auf, die es als Unglück erscheinen lassen, geboren zu sein: Mord, Haber, Aufruhr, Krieg. Wenn die nicht auf der Welt wären, dann wäre das Leben, abgesehen von den Gebresten des Alters, wunderhübsch.

Dieser Schleier ist heute ja wohl von allen nicht unheilbar blinden Augen gezogen. Daß ein ewiger Völkerfriede das Paradies auf Erden bringen würde, das — credat Berta. Nicht jene Übel, die man unter dem Namen Katastrophen zusammenfaßt, wovon wir freilich auch heute noch übergenug haben, machen die Not der Menschheit aus. Der Kampf ums Dasein überhaupt macht sie, gleichviel, ob er in kriegerischen Ausbrüchen, in sozialen Kämpfen, oder in dem schrecklichsten von allem, in dem Ringen wider den Hunger, ausgefochten wird.

Die Frage ist, ob sich eine Kultur denken läßt, wo der Kampf ums Dasein ein historischer Begriff sein wird, und vor allem, ob die Menschen dann das Paradies auf Erden haben werden.

Wenn unsere Vorfahren etwa ums Jahr 1000 vorausgesehen hätten, daß für uns die Hungersnot im eigentlichen Sinne ein historischer Begriff geworden ist, wenn man ihnen die Lebensbedingungen des heutigen armen Mannes, also des gewöhnlichen Fabrikarbeiters, gezeigt hätte, so würden sie unsere Tage für das goldene Zeitalter gehalten haben.

Ähnlich wird es sich wohl auch mit der Zukunft verhalten. Sollte wirklich einmal so etwas wie ein sozialer Ausgleich, eine gerechte Verteilung von Arbeit und Lohn erreicht werden, so werden sich andere Leiden einstellen, die vielleicht objektiv, aber sicherlich nicht subjektiv leichter zu tragen sein werden, als unsere.

Es wird wohl bei dem erhabenen Schlußgesange des Faust sein Bewenden haben, aus dem Unzulänglichen wird nur in jener geahnten Welt Ereignis, an die nach der Ansicht der sogenannten natürlichen Weltanschauung nur Kinder glauben.

Wer sich durch Zolas letztes Lebenswerk, seine Evangelien, durchgearbeitet hat, ein Unternehmen, das nur beherzte Leser von erprobter Ausdauer wagen sollen, der steht vor einem Rätsel. Er muß zweifeln, ob l'assommoir und wie sie heißen, und dies fade, süßliche Zeug aus derselben Werkstatt hervorgegangen seien, und er würde vielan eine Fälschung glauben, wenn nicht zuweilen durch all die Litanei ein Aufbrüllen den alten Löwen verriete: eine Notzucht zum Beispiel ist unnachahmlich geschildert. Nur ist auch hier ein bezeichnender Unterschied gegen früher: diesmal verhindert ein deus ex machina das Äußerste; früher hätte Zola der gräßlichen Wirklichkeit, in der die rettenden Engel so selten rechtzeitig eintreffen, unerschrocken ins Auge gesehen.

Wie ist das möglich? Wie konnte der alte Ritter der Wahrheit, der sich von seiner Dame ein Bildnis gemacht hatte, darin sie noch überwahrheitet war, ihr so untreu werden, daß er die schwülstigste Utopie vom Stapel ließ, die je dem artigen Publikum vom guten Onkel Schriftsteller beschert worden ist, und dabei im Kanzeltone verkündete: O, schauet her, so sähe die Welt aus, wenn die Menschen sich nur brav verbrüdern wollten, und so muß und wird sie einmal aussehen!

Es ist nicht anders, er muß seiner Göttin so recht von Herzen überdrüssig geworden sein. Wie noch jedem Fühlenden, der die Welt gründlich kennen gelernt hat, ist auch ihm die Einsicht gekommen: dies taugt nichts; wenn die Welt nichts weiter ist als diese Wirklichkeit, die sich mir gezeigt hat, so wäre besser nichts entstanden.

Sollte er sich nun fragen, ob nicht jene tiefe Sehnsucht nach etwas Besserm, die unsrer Natur eingeboren ist und doch in unserm Erdenleben keine Aussicht hat, sich je zu erfüllen, schon ihrem eignen Wesen nach gar nicht der Erde angehört?

Unmöglich. Das wäre Flucht von der Fahne der Aufrechten von der natürlichen Weltauffassung und offener Verrat an Dame Wirklichkeit gewesen. Er zog es vor, seiner Huldin nicht mehr unter den Schleier zu sehen und die Laute zum Ruhme der Lieblichkeit zu schlagen, die sie doch jedenfalls später einmal zieren müsse.

Uns andern aber verbietet eben der Respekt vor der Wirklichkeit, an ein Paradies auf Erden zu glauben. Mensch sein heißt uns für alle Zeit Kämpfer sein, und Kampf und Not werden unzertrennliche Genossen bleiben, so sehr sich auch beide im Laufe der Zeit verfeinern und vergeistigen mögen. Schiller, dem die Modernen, vielfach gewiß nicht mit Unrecht, hohles Pathos vorwerfen, hat hier doch unendlich mehr Weltkenntnis bewiesen:

Die Welt wird alt und wird wieder jung,
Und der Mensch hofft immer Verbesserung.

Wer eine höhere Macht hinter dieser Kausalität leugnet, der soll wie Schopenhauer den Mut der Wahrheit haben und der Welt ein unerschütterliches Nein entgegenhalten. Mit seiner Lehre, daß der Schmerz am Leben, dem kein Fühlender auf die Dauer entgeht, nicht an den schlechten Institutionen der Menschen, sondern an ihrer eingeborenen und unabänderlichen Natur liegt, steht er so hoch über den alten und neuen Utopisten, wie ein Arzt, der den Sitz des Übels erkennt, über denen, die an den Symptomen herumkurieren. Helfen kann er freilich auch nicht, denn sein Quietismus ist, abgesehen von seiner Kulturfeindlichkeit, ein Taschenspielerstückchen: er ist gegen unsere Natur, heilt uns also unter der einen kleinen Voraussetzung, daß das Übel, das er heilen soll, nicht vorhanden wäre.

Außer den Utopien ist noch ein Versuch in entgegengesetzter Richtung gemacht, die Erfüllung in das Diesseits zu verlegen; es ist die Lehre von dem Übermenschen. Sie hat nicht lange gedauert. Nietzsche lebt, aber sein Übermensch ist tot, von den eigenen Anhängern elend durch Lächerlichkeit umgebracht.

Es ist ein Streit um Worte, ob man dem Übermenschentum sympathisch oder feindlich gegenüberstehen soll. Jene Gewalt der Dinge, der sich der Kluge ohne Debatte beugt, verhindert die Wiederkehr solcher Zustände wie die italienische Renaissance. Wir können die soziale Frage weder beantworten, noch ablehnen. Es ist uns nicht möglich, am Ufer sitzend das ewige Meer zu besingen, während vor unsern Augen Schiffbrüchige gegen alle Grauen des Unterganges ankämpfen. Renaissance und Altertum stehen einander in einer Hauptsache näher als

Renaissance und Neuzeit: beide beruhen auf der Leibeigenschaft.

Ich weiß nicht, ob die Renaissance — es kann natürlich nur die italienische in Frage kommen — wirklich so ein göttlicher Jugendrausch gewesen ist, wie man behauptet. Der erstaunlichste unter jenen Riesen, Michel Angelo, ist jedenfalls ein entschiedener Pessimist gewesen. Aber mag das dahingestellt sein, man soll eben keinerlei Jugend künstlich wiederzubringen versuchen. Das männliche Alter, das ernsteren Göttern zu dienen bestimmt ist, macht sich sonst zum Gecken.

Vor allem aber: jene unerreichten Künstler mögen sich in ihrer staunenswerten Produktivität wirklich wie in einem Rausche und jenseits von Gut und Böse gefühlt haben; sie sind trotzalledem tiefinnerlich r e l i g i ö s geblieben. Wenn es möglich wäre, den Blüten ihres Schaffens, die unser Entzücken sind, das Religiöse zu nehmen, würde jenes Unaussprechliche davon sein, das zwar nur einer vollkommenen Technik gelingt, aber doch etwas von ihr himmelweit Verschiedenes ist.

Darüber sollten sich alle, die von einer neuen Renaissance träumen, klar sein: das erste, was dazu gehörte, wäre die Überwindung jener Weltanschauung, die nur das exakt Bewiesene gelten läßt, des Positivismus, den man für die moderne Überzeugung erklärt hat.

Goethe, zu dessen Gepflogenheiten es nicht gehörte, Dinge auszusprechen, die er nicht reiflich überlegt hatte, hat den Aberglauben die Poesie des Lebens genannt.

Kann denn die Poesie gedeihen ohne das, was den Verstandesmenschen aller Zeiten — Aberglaube gewesen ist?

III.

Man braucht kein moderner Purist zu sein, um die Art, wie Hebbel mit Selbstgesprächen arbeitet, unerträglich zu finden. Der Raum, den sie in seinem Drama einnehmen, übersteigt alles Zulässige. Auch geschieht in ihnen vielfach das Allerwichtigste, die entscheidende Krisis.

Hebbels Menschen enthüllen sich nicht sowohl in dem dramatischen Fortschreiten ihrer Handlungen, als besonders dadurch, daß sie all ihre seelischen Regungen und Zwiespalte aussprechen, in kürzeren Bemerkungen „für sich" oder, wenn sie allein sind, in seitenlangen Monologen. Dazu reden sie eine Sprache, die nie und nirgends ein Mensch gesprochen hat. Seine Judith, Herodes und Meister Anton werfen mit Rodomontaden um sich, daß Schillers Ferdinand und Lady Milford gegen sie die Sprache abgeklärter Weltweisheit führen, und seine Franz und Kosinsky als gewandte Kauseure erscheinen. Endlich haben Hebbels Zeitgenossen darin gar nicht unrecht, daß ihnen seine Stücke blutrünstig vorkamen. Es wird viel totgestochen darin.

Um so sonderbarer berührt bei alledem das Doktrinäre, worin zum Beispiel Herodes und Mariamne ihre gegenseitigen Rechte und Gefühle abmessen. Seine Menschen sind eben nicht plastisch aus dem Unbewußten herausgetretene Gestalten, sondern vorsätzlich einander gegenübergestellte Vertreter von Prinzipien.

Man kann es niemand verübeln, wenn er Hebbel keinen Geschmack abgewinnt, und es wäre besser, wenn die Gebildeten, denen es so geht, dies offen aussprächen, statt daß sie sich seiner Verehrung mit dumpfer Entschlossenheit unterziehen, weil's der Herr Präzeptor nun mal so haben will.

Eins ist jedoch sicher: Hebbel ist der letzte echte Dramatiker, der letzte, aus dessen Werken uns jenes geheimnisvolle Etwas anweht, an dessen Bestimmung sich die feinsten Köpfe seit Aristoteles umsonst versucht haben: das Tragische.

Ich denke gar nicht daran, meinerseits das Geheimnis ergründen zu wollen. Vielmehr bin ich der Ansicht, daß hier nichts weiter zu ergründen ist, daß sich das Tragische der näheren Bestimmung entzieht, wie alles, was die Philosophie

Ding an sich nennt, daß es mit andern Worten transzendental ist.

Wenn ein Mensch gestorben ist, so ist für den Naturalismus nichts weiter da als ein Körper, der bald zu riechen anfängt. Es ist, als wäre nichts gewesen, sagt Mephistopheles, der folgerechte Skeptiker. Dies Gefühl ist das trostloseste, das sich denken läßt, und alles andere eher als tragisch. Man mag sich das Tragische zurechtlegen, wie man will, um dies eine kommt man nicht herum: der tragische Held wird ausdrücklich oder stillschweigend in Beziehung zu einer übersinnlichen Macht gesetzt.

Auch sogar Nietzsche hat in der Zeit, wo ihm die Überzeugung, zum Propheten des Diesseits berufen zu sein, noch nicht jene spätere Idiosynkrasie gegen alles Metaphysische eingeimpft hatte, für das Lustvolle im Tragischen die Erklärung gefunden, der Tod des Helden wiese auf die Wiederherstellung der durch die Spaltung in Individuen zerstörten Einheit des Willens hin. Nur freilich ist er uns die Erklärung dafür, wieso dieser Wille, der nach der Überzeugung seines Erfinders oder Entdeckers — wie man ihn nennen will — der Urquell alles Übels ist, als Einheit das Ziel unserer Sehnsucht sein soll, mit gutem Grunde schuldig geblieben.

Eine Freude an der Vernichtung des Indi-

viduums, auf die es danach, wie Nietzsche auch
ausdrücklich sagt, hinausliefe, hätte übrigens
etwas Fragwürdiges, solange man selbst es vor=
zöge, am Leben zu bleiben. Auch läge, mir
wenigstens, die Empfindung näher: wozu der
ungeheure Aufwand, wenn es am Ende doch nur
auf Vernichtung abgesehen ist? Konnte der
Weltenwille das nicht einfacher haben?

Dann meint Nietzsche, die Tragödie entließe
uns mit dem metaphysischen Troste, daß das
Leben unzerstörbar und lustvoll sei.

Diese metaphysische Unzerstörbarkeit ist ihm
natürlich auch hier der Schopenhauersche Wille
zum Leben. Dieser Wille bedarf aber doch, um
da zu sein, der Materie. An ein anderes Leben
zu glauben, als das, was wir das organische
nennen, ist uns unmöglich.

Das ist eben der Widerspruch: Nietzsche ist
sich völlig klar darüber, daß die Tragödie gar
keinen andern Sinn haben kann, als den Hin=
weis auf eine Welt hinter dieser erkennbaren
Wirklichkeit. Aber diese Welt ist ihm, der da=
mals im Banne Schopenhauers war, der Wille
zum Leben, und der ist doch eben nichts
anderes als Leben, also Wirklichkeit selbst. Die
ungeheure Zeugunglust des Urwesens, die wir
nach Nietzsche mitfühlen, was ist sie denn anders
als das organische Leben! Sollte nun gerade der

Tod des tragischen Helden das geeignete Mittel sein, uns auf die Unzerstörbarkeit des organischen Lebens hinzuweisen?

Die Überzeugung von dieser Unzerstörbarkeit können wir ja in jedem Augenblicke in uns wach rufen mittelst einer einfachen Verstandesoperation.

Sollte auch eine jener Katastrophen, wie deren eine im unendlichen Raume vielleicht in jedem einzelnen Augenblick irgendwo geschieht, diesen Erdball zerschmettern, so würde das Leben auf den unendlich vielen andern Weltkugeln davon unberührt bleiben. Nur kommt es mir vor, als wäre uns daran so viel gar nicht gelegen. Wenn ich erführe, unsere Anschauung wäre irrig, das organische Leben würde nach einigen Millionen von Jahren im Weltall aufhören, so — hätte ich mich eben geirrt. Wenn ich erführe, nach hundert Jahren würden ungeheure soziale und kriegerische Katastrophen die jetzige Kultur unserer Erde spurlos vertilgt haben, so würde ich mich vielleicht für den Rest meines Lebens gelähmt fühlen; sicher ist auch das nicht.

Die Begriffe Lust und Leid nehmen wir aus unserm pochenden Herzen. Wir können nicht fragen, ob das Leben lustvoll oder leidvoll sei, sondern nur, ob Lust oder Leid darin überwiege. Darauf antwortet der einzelne Dichter je nach seiner Fasson, die Tragödie als solche gar nicht.

Was ist denn überhaupt das Wesentliche, das Unzerstörbare in der Welt? Der Wille, der Geist, das Hohe, das Tiefe, das Gute, das Schöne? Entweder alles das ist nur Funktion der Materie, hat also stets nur einen vorübergehenden und relativen Wert, oder es ist die wechselnde Erscheinung jenes Ewigen, Unergründlichen, das wir die Gottheit nennen.

Der Wille der Gottheit vollzieht sich, sei es, indem sie den sich wider sie Auflehnenden zerbricht, oder indem sie den im Kampfe mit Erdengewalten Unterliegenden in der Verklärung des Todes als wahren Sieger zu sich aufnimmt.

Natürlich ist dies nur bildlich gesagt. Wie wir mit unserm absoluten Dasein in der Gottheit wurzeln, darüber wissen wir nicht mehr, als die alten Mythen, in denen die Götter den Helden zu sich in den Saal holen. Ich weiß ferner wohl, wie anthropomorphisch es ist, von dem Willen der Gottheit zu sprechen, der wir ja noch nicht einmal Persönlichkeit zuzusprechen berechtigt sind. Wir haben nur eben keine andere Möglichkeit, dies Unbekannte auszusprechen, als indem wir es zu Bekanntem in Gleichnisse setzen.

Wir sehen in das uns umflutende Leben und müssen bekennen, daß das Gemeine für den Kampf ums Dasein besser ausgerüstet ist als das Edle. Wir forschen in des Menschen Inneres und es sieht aus, als hätten alle Gewalten sich verbündet, um das Göttliche in dem einzelnen Menschen zu ersticken, ob er nun im Leben Erfolg hat oder in den Staub der Heerstraße gerät. Wir sehen in die Vergangenheit der Völker und haben den Eindruck, als hätten die Menschen es geradezu darauf angelegt, die Welt zu entgöttlichen. Dennoch hat sich das Göttliche auf Erden durchgesetzt und wird sich durchsetzen, wider oder doch ohne den Willen der einzelnen und der Völker. Dieser stetige Sieg des Göttlichen kann wohl mit der Moral zusammenfallen, notwendig ist es nicht. Die Justiz nun gar, die sich bei jedem Schelm, den sie erwischt, wie der Vollstrecker des göttlichen Willens selbst gebärdet, ist nur sein eifriger, aber doch auch recht täppischer Hausknecht. Rechtspflege muß sein, weil sonst alles drunter und drüber ginge; im einzelnen aber ist es ziemlich gleichgültig, wie sie entscheidet: der Teufel verliert auf keiner Seite.

Dies Sichdurchsetzen des Göttlichen nun, das sich in der Wirklichkeit allmählich, still, nur dem heimlich Lauschenden erkennbar vollzieht, das führt uns die echte Tragödie in einem großen Bilde vor, rein von all dem Erdenstaube, der in der Wirklichkeit fast immer als Hauptsache erscheint und die eigentliche, in der Tiefe liegende Wahrheit verhüllt.

Ich wiederhole, daß ich nicht daran denke, für jenes Etwas, das den Empfänglichen während einer echten Tragödie selbst in den talmigoldenen, fleischdurchwitterten modernen Theaterräumen anweht, eine neue Bestimmung gefunden zu haben. Ich beruhige mich dabei, daß ich es den Hauch der Gottheit nenne.

Nicht e i n e Tragödie des Naturalismus erregt dies Gefühl. Sie wäre auch nach seiner Weltanschauung unwahr. Für den folgerechten Positivismus gibt es weder einen künftigen, noch einen immanenten Weltzweck. Jeder augenblickliche Zustand ist nichts als der auf den vorhergegangenen folgende. Die Natur ist und damit gut; sie kennt nur das Recht des Erfolges, unsere einzige Aufgabe ist also, uns fremde Kräfte dienstbar zu machen.

Unergründliches erkennt das Unternehmertum, das ja freilich die Fabrikarbeiter so gern in der Kirche festgehalten hätte, nicht an, sondern nur schwer zu Ergründendes; gegenüber dem gar nicht zu Ergründenden gäbe es ja keine Risikoprämie.

Um auf den Ausgang zurückzukommen: Hebbel ist, natürlich nicht allein, aber doch wesentlich auch darum der letzte echte Dramatiker, weil er ein tiefes Gefühl für das Unergründliche hat.

Noch eins: das Übersinnliche darf sich auch im

Drama nicht aufdrängen, obwohl es sich da nach
der Natur des Dramatischen deutlicher ausspricht,
als im wirklichen Leben. Das war der Fehler
Maeterlincks, früher, als er die tragische Maske
noch nicht mit dem Monna Vannajuchzer in die
Luft geschleudert hatte.

IV.

Der Bauer von echtem Schrot und Korn geht
niemals spazieren. Er geht auf den Acker, in
die Kirche, ins Wirtshaus; einen Zweck muß die
Sache haben.

So dichtet Björnson. Er trommelt die Pastöre
des Landes zusammen und legt ihnen die Frage
vor, ob es ein echtes, rechtes Wunder gebe und
geben solle. Damit es nun aber nicht bei dem
Gerede der Priesterkragen, das ja freilich auch
dazu gehört, sein Bewenden hat, wird das be-
lehrende Beispiel und Exempel vorgeführt, natürlich mit der dem aufrechten Europäer einzig an-
stehenden Lösung: es geht alles mit natürlichen
Dingen zu. Vielleicht weint der Bauer insgeheim
blutige Tränen um das alte, liebe, echte Wunder,
aber das tut nichts, dies muß sein; er beißt die
Zähne zusammen und hält es aus.

Nach der Kirche nimmt der Bauer seine Zeitung vor und läßt sich gesagt sein, daß die brennende Frage der Zeit die soziale sei. Hier kann er des feierlichen Konzils entraten und die Sache allsogleich mit dem belehrenden Beispiel selbst anpacken. Das ist nun hier, wo er sich mehr gehen läßt als in der Kirche, für uns Städter ein wenig derbe und gröblich aufgetragen. Es will uns bedünken, als gehörte dies nicht so recht aufs Land, wo man ja auch als Liberaler am Alten hängt und sich lieber mit den vertrauten Kraftworten Fortschritt und Freiheit als mit den komplizierten Begriffen der Sozialwissenschaft beschäftigt.

Immerhin ist dies viel erträglicher, als wenn Björnson sich und dem Publikum ein reines, tendenzloses Kunstwerk schuldig zu sein glaubt. Da muß man erst seinen Ärger und zugleich seine Lachlust überwinden, ehe man dem reichen Bauer, den Schmarotzer verlockt haben, den Städter zu machen, so weit gerecht wird, daß man ihn bedauert.

Der echte Bauer, der bei uns in Deutschland im Aussterben ist, hat ein untrügliches Stilgefühl für seine Häuser, Tische, Kleider, Bibel, kurz für alles, was zu einem bestimmten, einleuchtenden Zwecke da ist. Das ist alles schwer, gediegen, aus einem Gusse, durch jene uns so einfach erscheinende, in Wahrheit ganz unerklärliche Ver-

wandtschaft mit ihm verbunden, die wir zu jeder
Zeit zwischen dem Menschen und den Erzeugnissen ihrer Kunst und ihres Gewerbes empfinden.

Ein Gemälde, das um seiner selbst willen da
ist, kann der Bauer nicht beurteilen, er hat gar keine
oder schlechte Bilder; er geht nicht spazieren. —

Eine Dame, die Tolstoi auf seinem Landgute
aufgesucht hat, erzählt, er sei frisch vom Düngen
weg nach Hause gekommen und habe eine Flasche
Eau de Cologne über sich ausgegossen.

Das paßt eigentlich zu gut, als daß es wahr
sein könnte. Tolstoi ist der geborene Grandseigneur, nicht von dem Adel, der fest auf geerbter Scholle sitzt, aber auch nicht von dem, der
an fremden Tischen schmarotzt, sei es auch der
des Kaisers. Sein Vermögen zieht er zwar aus
dem Boden der Heimat, aber er kann frei damit
schalten. Er baut sich seinen Palast in die vornehmste Gegend, und so reich ist er, daß er auch
hier wie ein Millionär unter Pauvriens erscheint.
Danach geht er auch mit seinen Schätzen um. In
den Romanen seiner besten Zeit ist eine solche
Überfülle, daß der Kunstwert des Ganzen darunter leidet. Endlich wird er des Treibens überdrüssig, läßt alles stehen und liegen wie es will
und zieht aufs Land. Hier fühlt er sich in seinem
Elemente. Die armen Schächer hier sind ihm
lieber als dort die Wohlhabenden, die es ihm

gleich tun möchten und für ihn doch auch nur Schächer sind. Hier findet er, was ihm gefehlt hat, Arbeit, die einem Zwecke dient.

Aber wenn er sein Vermögen auch in der Stadt gelassen hat, es geht doch mit, es ist ein Teil von ihm. Wenn es ihm einfällt, durchwühlt er die dumpfigen Schollen seiner Moral mit einem goldenen Pfluge und gießt sich duftende Wasser über den Bauernkittel. —

Außer dem großen Herrn Tolstoi und dem braven Bauersmann Björnson sieht man sich in der jetzt abgeschlossenen Literaturperiode umsonst nach Schriftstellern um, die man nicht mit Haut und Haaren in der Schule unterbringen könnte — bis auf einen: Ibsen.

Der unverwüstliche Chor in der Literatur nennt stereotyp, wie Menelaus in der Operette der Gute heißt, Ibsen den Magus des Nordens.

Wenn ich diese und ähnliche Glanznummern des Unverwüstlichen lese, denke ich immer, das möchte am Ende eine Gesellschaft übermütiger Bohemiens zustande gebracht haben. Die hätten sich an einem lustigen Abend vorgenommen, sie wollten einmal ausprobieren, was sie wohl alles für Blödsinn veröffentlichen könnten, den der Unverwüstliche dann ernsthaft und unverdrossen hersagen würde.

Magus des Nordens! Den Fanatiker der Aufklärung, den, wie es Nietzsche ausdrücken würde, **sokratischen** Menschen, der in dem naiven Wahn befangen ist, als könnte das Wissen, der Kehrbesen dumpfiger Vorurteile, die Welt von allem Übel erlösen, den nennen sie — wahrlich, so ist's, es ist wirklich so, ich hab' es gelesen — einen Magus!

Freilich, wenn der Unverwüstliche darauf festgenagelt würde, statt daß er sich in der glücklichen Lage fühlt, ein Wort aus dem Winkel einfach nicht zu hören, würde er den Rundgesang anstimmen: er hat uns mißverstanden, ja standen!

Wir nennen Ibsen den Magus, würde er sagen, weil er schwer zu lösende, also geheimnisvolle Werke geschaffen und weil er aus dem Nichts eine Welt gezaubert hat.

Aber das letztere tut jeder Künstler, und magisch nennt man nicht die Rätsel, die dem Verstande mit Anstrengung zu bewältigende Schwierigkeiten vorlegen, sondern die, die zu lösen der Verstand gar nicht geeignet ist. Wer an solche Rätsel nicht glaubt, für den paßt jede andere Benennung besser als gerade Magus.

Der Unverwüstliche freilich bleibt — unverwüstlich. Er sieht stolz und unzufrieden aus, erklärt uns für Plebejer und behauptet, für ihn, den feinfühlenden Aristokraten, gäbe es was

Besonderes. Er nennt das die Untertöne. Die, sagt er, wären das allerfeinste an der Sache; Kaviar fürs Volk.

Gerade hier macht der Unverwüstliche die ergötzlichste Figur. Er merkt's nämlich offenbar gar nicht, wie Ibsen absichtlich, nahezu tendenziös, seine geheimnisvollen Untertöne im Verlaufe der Dramen als Hirngespinste aufdeckt, und die Personen, die daran glauben, als Kranke oder Kinder.

Das freilich ist zuzugeben: es war einmal anders. Ibsen ist viel zu sehr Dichter, als daß ihm nicht das Gefühl für das Übersinnliche tief in der Natur gelegen hätte. Aber er hat dies Gefühl aus sich herausgerissen. Gerade wie der spätere Nietzsche, der noch in der Geburt der Tragödie ein so tiefes Gefühl für die Notwendigkeit zeigt, an eine Welt hinter dieser Wirklichkeit zu glauben, hat es Ibsen für Gebot gehalten, sich von alledem loszusagen und nach dem Heil im Diesseits zu suchen. Es ist ein merkwürdiges und ergreifendes Schauspiel, wie er hier sucht und sucht, zu finden glaubt, das Gefundene fallen läßt, und endlich alles Suchen aufgibt und sich selbst zu den Toten wirft. Die Tragödie, die zu dichten ihm nicht beschieden war, hat er gelebt.

V.

Als Ibsen sein Alles oder nichts in die Welt warf, müssen ihm die transzendentalen Fragen, um die es sich da handelt, durchaus Realität gewesen sein. Es würde sich sonst der Vorwurf der Schauspielerei und der Frivolität gegen ihn erheben.

Das Stück leidet trotzdem an einer gewissen Ungleichheit des Verfassers und seines Werkes.

Es ist nicht wahr, daß ein Dichter nur das schildern könne, was er innerlich erlebt hat; aber es ist ganz gewiß wahr, daß sein Werk nicht über ihn hinauswachsen kann. Diese Wahrheit scheint — und ist am Ende auch wohl — selbstverständlich, aber es wird viel dagegen gesündigt. Es stände besser um unsere Literatur, wenn die Schriftsteller den Mut und den Ernst hätten, sich vor jeder großen Arbeit zu fragen, ob sie denn auch die Persönlichkeit für das Werk wären.

Die Ästhetiker quand même werden übrigens den Satz gar nicht anerkennen. Sie werden sagen, daß der größte Lump die größte Tragödie schreiben könnte, er müßte es nur eben können. Aber da liegt ja der Haken: er kann es zuverlässig nicht. Auch in den andern Künsten ist es zuletzt nicht anders. Lenbach ist ganz gewiß ein Könner, wie der heutige Jargon sich ausdrückt. Ob er aber das echte Bismarckbild geschaffen hat, scheint mir zweifelhaft zu sein, und eine echte Bismarckstatue haben wir unzweifelhaft nicht. Warum können das unsere Künstler nicht, die doch eben so vieles können? Weil sie nicht die Persönlichkeiten danach sind.

Natürlich gilt der Satz am unmittelbarsten nicht für die bildenden Künste, sondern für die Dichtung, denn am Ende ist ja doch der Inhalt jeder echten Dichtung nichts anderes als die menschliche Seele. —

Ibsen war nun gerade damals nicht der Mann, alles oder nichts zu fordern. Er hatte eben mit seinen Todfeinden unrühmlichst paktiert, um nach dem Süden ziehen zu können.

Ich bin überzeugt, daß sich daher eine Zwiespältigkeit in dem Stücke schreibt: der Dichter gibt dem Helden, dem Brand, bald Recht und bald Unrecht.

Gewiß, wie im wirklichen Leben, so hat auch im Drama der einzelne Mensch durchaus nicht immer recht oder unrecht, man könnte sogar behaupten, jede Persönlichkeit hätte als solche recht und doch wieder unrecht. Aber von diesem ursprünglichsten und doch fragwürdigsten aller Rechte kann hier gar nicht die Rede sein; Brand ist eigentlich gar kein Drama, sondern eine Disputation. Nicht Menschen, sondern Grundsätze streiten gegeneinander, die Fragen sind klar und entschieden gestellt und wollen ebenso beantwortet sein.

Der Grundsatz Alles oder nichts, den der Titelheld verkörpert, behält nun im Stücke sehr oft Recht, und der Dichter macht es ihm noch ganz besonders leicht durch die unergründliche Dummheit oder Gemeinheit der Gegner.

Im letzten Akte erscheint ihm noch einmal, was er im Leben geliebt und seinem Alles oder nichts geopfert hat, Frau und Kind. Diese Erscheinung, die er denn auch abweist, wird ausdrücklich der Versucher genannt. Entschiedener kann der Dichter seinem Helden gar nicht Recht geben.

In dem, übrigens schönen, Schlußworte wird ihm dagegen Unrecht gegeben. Er fragt, ob denn sein Manneswille nicht ausreiche, aber die Antwort von oben heißt: Er ist deus caritatis. — Er ist nicht dein streng fordernder, sondern er ist der barmherzige Gott — auch dir Irrendem, müssen wir natürlich ergänzen, und dies nicht ausdrücklich Gesagte ist eben das Schöne. —

Für uns hat der Held durchaus Unrecht, sowohl da, wo er sein Kind opfert, wie da, wo er seiner Frau verbietet, um dies ihr totes Kind zu trauern. Sogar der alttestamentarische Gott, wahrhaftig kein Gott der Barmherzigkeit, läßt es nicht wirklich zu einem Kindesopfer kommen. Dazwischen aber liegt das Christentum, liegt die Reformation, liegt Goethe. Es gibt für uns kein Gebot, vor dem Elternliebe Unrecht hätte. Aber es ist für Ibsen bezeichnend, daß er das tiefste, ehrwürdigste, heiligste Gefühl, das die Natur kennt, einer kalten Theorie zum Opfer bringt; ganz ebenso geschieht es in der „Nora", nur daß da die Sache noch viel schlimmer liegt, denn die Theorie der Nora ist am Ende doch nichts anderes als ein krasser Egoismus.

Wenn mir im wirklichen Leben eine Frau begegnete, von der ich wüßte, daß sie ihre Kinder so wie Nora verlassen hätte, so könnte sie das schönste Weib der Erde sein, ich würde, das weiß ich sicher, einen Widerwillen gegen sie haben, nicht als moralische Persönlichkeit, sondern als Mann. Eine Frau aus dem Volke, die in einem analogen Falle „ins Wasser ginge", wäre mir viel lieber als eine, die ihre Kinder im Stiche läßt und „sich auslebt".

Über diese Schläge in das Gesicht der Natur ist sich Ibsen, glaube ich, gar nicht klar geworden, er ist zu sehr doktrinär dazu. —

Das eigentlich Unangenehme an dem Drama „Brand" ist mir persönlich die Sprache. Sie ist der des Faust so unverkennbar nachgebildet, daß Ibsen die Tatsache wohl ohne weiteres zugeben würde; man unterscheidet den Faust und den Mephisto.

Das Wagnis ist nicht geglückt, wie es denn auch mißlingen mußte.

Man soll nicht ohne Zwang Vergleiche ziehen, aber hier ist eben der Zwang da. Wenn ich einen Menschen, den ich gut kenne, in einem Wachsfigurenkabinett abgebildet sehe, so kann ich beim besten Willen nicht anders, ich muß die geknetete Wachsmasse vor meinem äußern mit der lebenden Persönlichkeit vor meinem innern Auge vergleichen.

Immerhin, es war ein wichtiger Augenblick für die Literatur. Ein germanischer Dichter von Eigenart und Schärfe, auf den die Welt hörte, hatte ein Drama geschrieben, das mit aller Ausdrücklichkeit über diese wirkliche Welt hinauswies.

Wenn er auf diesem Wege geblieben wäre! Aber das war es: er mußte ihn verlassen, denn er hatte eine Mission zu erfüllen, die ihn auf andere Bahnen zwang. Er war einer, auf den etwas ankam.

Noch war die Arbeit, die der Positivismus zu tun hatte, nicht getan; sie war es vor allem für die germanischen Länder noch nicht. Der Positivismus, der sich in der Kunst als Naturalismus ausdrückt, hat sich vermessen, indem er von sich behauptet hat, er brächte die Wahrheit. Die ist positiv, und der Positivismus ist, seinem Namen zum Trotz, im Innersten negativ. Aber der Naturalismus hat der Wahrheit gedient, indem er die Lüge bekämpft hat. Zu der Zeit, als Ibsen am Scheidewege stand, herrschte in Deutschland noch die Familienblattlitteratur, die sich ja heute noch, ebenso wie damals, wesentlich durch einen verlogenen Optimismus kennzeichnet. Die tugendhafte Arme wird geheiratet, während die herzlose Millionärin das Nachsehen hat, der Tod sucht sich nur lebensmüde Greise und schlechte Menschen aus, und so fort in dulci jubilo. Man sollte sich gerade heute nicht darüber täuschen, wie diese anscheinend so harmlose Litteratur nicht nur das künstlerische, sondern auch das sittliche Empfinden ruiniert; denn die Grundlage des letzteren ist das Bewußtsein vom Ernste der Welt.

Dieser süßlichen und dabei bösartigen, weil mitleidlosen Afterdichtung stellte sich der Naturalismus entgegen, und das soll ihm unvergessen bleiben.

Nur machten sich damals die d e u t s c h e n Naturalisten die Sache zu leicht. Sie hatten weder von dem sittlichen Ernste, noch von der damit notwendig verbundenen Gründlichkeit der Franzosen die leiseste Ahnung. Sie glaubten, um ein großer Dichter und Reformator der Gesellschaft zu sein, reiche es aus, wüste Gemeinheit zur Schau zu tragen, sei sie nun erkünstelt oder urecht.

Dazu kam, daß auch Zola, den man nun doch einmal wegen seiner unermeßlich breiten Wirkung als den Vertreter des französischen Naturalismus ansehen muß, den besten unter den Deutschen nicht genügen konnte. Man fühlte, daß hier ein Fehler mit dem andern bekämpft wurde. Der rosafarbenen Welt der Familienblätter wurde ein gestaltloser Haufe von Unrat entgegengesetzt. Nicht, daß die Welt im großen und ganzen falsch oder auch nur übertrieben gemalt wäre; aber es fehlte etwas, das Seltene und doch einzig Wichtige: sämtliche Werke Zolas wird man vergebens nach einer Persönlichkeit durchsuchen, die ein Deutscher tief nennen würde. Hier war Zolas Grenze. Um tiefe, innerliche Persönlichkeiten zu haben, hätte sein Werk über ihn hinauswachsen müssen. Es beweist sein Stilgefühl, daß er sich an einer solchen Persönlichkeit gar nicht versucht hat.

Es war nötig, daß einer kam, der den Mut und den Scharfblick hatte, die Wirklichkeit ins Auge zu fassen, und dabei eine tiefe Persönlichkeit war. Ibsen kam.

Es ist bezeichnend, daß dasselbe Unternehmertum, das Sudermann als Geist von seinem Geiste applaudierte, Ibsen auszischte, und besonders, daß die Wut nirgends wüster ausbrach, als in dem klassischen Lande des Kant.

In Sudermanns Eseln und Ziegenböcken brauchte sich niemand getroffen zu fühlen, hier aber gab es nichts mehr zu vertuschen: das w a r man.

Dies ist von nun an Ibsens Schicksal: seine trostlosen Wirklichkeiten sind um so unanfechtbarer, je trostloser sie sind. Allein diese Trostlosigkeit gelassen hinzunehmen, dazu ist er viel zu sehr Dichter. Es ist schmachvoll, daß bei uns immer noch Kritiker zu Worte kommen, die behaupten, Ibsen machte sich aus seinen martervollen Bildern eine Art boshaften Vergnügens. Solche Journalisten sollten sich auf die Börsenberichte und das Lokale beschränken. Wer von der Art dichterischen Schaffens auch nur eine Ahnung hat, weiß, daß die Schicksale der Wildenten ihrem Schöpfer weher tun als den Weisen des Parketts.

Eben darum, weil ihm das Hoffnunglose der Wirklichkeit unerträglich ist, gerät Ibsen in Widersprüche. Er kann nicht glauben, daß er das Beste nicht doch irgendwo in dieser Welt finden würde. Noch in seinem letzten Lebenswerke ist in all der wunderlichen, unerträglich gehäuften Symbolik diese Illusion zu erkennen: ich, der Dichter, habe mein Leben vertan mit unersprießlichem Suchen; wenn ich ein Mann der Praxis gewesen wäre, dann — ja, was hätte ich dann nicht alles erleben können!

VI.

Die ersten Akte von Ibsens Frau vom Meer lesen sich wie eine Romanze: der „fremde Mann" taucht auf und verschwindet geheimnisvoll, eine rätselhafte Verwandtschaft verbindet ihn und die Frau und das Meer, seine Augen, die denen der Meergeschöpfe gleichen, vererben sich auf das Kind der Frau, das nicht von ihm stammt, ein Fluch wirkt durch weite Fernen des Raumes.

Wer wollte dem Dichter die Flucht in die Märchendämmerung verargen? Nur ein wenig gerechter sollte der unverwüstliche Chor sein. Er sollte nicht das, was er hier mit dem Augenverdrehen und Zungenschnalzen eines koketten Gourmands die Untertöne nennt, bei andern Autoren blaßblaue Romantik schimpfen.

Nun aber kommt das spaßhafte. Ibsen besinnt sich auf seine Aufgeklärtheit. So darf es nicht weitergehen. All die bunten Seifenblasen müssen sich als das enthüllen, was sie vor der Brille der exakten Wissenschaft sind: chemisch analysierbares Seifenwasser. Der Unverwüstliche aber hat's nicht arg, daß seine delikaten Untertöne da so garstig verwandelt werden, macht die Umkehr tapfer mit und denkt bei sich: Recht hat er; uns von der Moderne macht keener was vor.

Leicht ist die Umwandlung übrigens nicht, und das könnte das Interessanteste an dem Stück sein: wenn Ibsen nämlich ein Lustspiel daraus gemacht hätte. Wenn einem zwei Drittel des Abends hindurch magische Dinge gezeigt werden, die sich während des letzten Drittels als natürlich enthüllen, so ist das nie und nimmer ein andrer Stoff, als der eines Lustspieles. Hier in dem ernsthaften Drama wirkt es zum Beispiel matt, daß die magische Wirkung des Fluches sich als Einbildung enthüllt. Die Hauptsache aber, die natürliche Auflösung des anscheinend dämonischen Zwanges, den der fremde Mann auf die Frau vom Meer ausübt, ist völlig mißglückt. Die Frau selbst hält ihrem Manne und den Zuschauern einen Vortrag über ihren Zustand. Zwei Unfreiheiten, meint sie, erzeugen einander stetig aufs neue. Sobald der materielle Zwang aufhören wird, bei ihrem Manne zu bleiben, wird auch der psychologische aufhören, von ihm wegzulaufen. So kommt es denn auch. Wie sie im Begriffe ist, ihren Mann zu verlassen, erklärt dieser, daß er ihr nichts dabei in den Weg legen wolle, und sofort erhält der Entführer seinen Fußtritt.

Man sieht, auch diese Lösung eignete sich für das Lustspiel, wenn man nämlich das Verhalten der Frau als Widerspruchgeist nähme.

In Wahrheit geht es nicht so zu im Leben. Die Tatsache, daß ein Zwang den Menschen leicht nach der entgegengesetzten Richtung treibt, leugnet ja wohl niemand. Aber es geht hier doch gar zu sehr klipp klapp. Eine Leidenschaft, die den ganzen Menschen mit sich reißt, verfliegt nicht in der Sekunde, in der der eheliche Zwang wegfällt.

Arg romantisch bis zum Schlusse bleibt dagegen die „Hilde" in dem Stücke. Sie gibt sich spröde, boshaft, herzlos, grausam, aber es ist eitel Heuchelei; das ist alles nur, weil sie insgeheim nach einem liebenden Worte von der schönen Stiefmutter dürstet. Es tut mir leid, daß ich kein milderes Wort für so etwas habe als: Marlitt.

Mehrfach begegnen wir bei Ibsen diesem sonderbaren Zwiespalt. Es ist, als wäre der eine Teil von einem liebenswürdigen, aber nicht besonders scharfsinnigen Idealisten, der andre von einem durch und durch sehenden, keinem Kompromisse zugänglichen Skeptiker geschrieben.

In den „Stützen der Gesellschaft" ist Bernik der Schuft ein Typus der Zeit, wie er nicht vollkommener aufgestellt werden kann. Wer

lange genug gelebt und die Augen offen gehalten
hat, der bewahrt sicherlich eine Galerie solcher
Stützen in seinem Gedächtnisse auf. Nun aber
sollte sich jeder glückliche Besitzer einer solchen
Galerie, wenn er beim Lesen oder Sehen des
Schauspiels an die Stelle kommt, wo Bernik
der Reuige sich selbst an den Pranger stellt,
seine Perlen vor Augen bringen: wenn er auch
nur einen einzigen findet, der unter dem Ein-
drucke irgend welcher Erlebnisse, welcher Art sie
auch seien, so handeln würde wie Bernik vor
der Deputation seiner Mitbürger — soll er ihn
mir lebendig bringen, sonst glaub ich es doch nicht.

Auch scheint Ibsen selbst auf den alten Sünder
nicht eben einen großen Einsatz zu wagen, sonst
würde er nicht in dem Stücke die schöne Welt, die
er sehen will, in allen möglichen Fernen suchen.

Ein müder Großstädter sehnt sich wohl nach
der Treuherzigkeit der kleinen Nester. Aber die
kennt Ibsen, er weiß also, daß da so ziemlich
das Gegenteil von allen sympathischen Eigenschaften zu Hause ist.

Ein mitteleuropäischer Stubenmensch träumt
vielleicht von den blonden, blauäugigen Recken-
gestalten Skandinaviens, aber da weiß Ibsen
leider auch Bescheid.

Da es nun aber „die große und freie Welt,
die den Mut verleiht, groß und frei zu denken",

doch irgendwo geben muß, so sucht sie Ibsen — im Auslande. In Paris zum Beispiel wird sie sein, ganz besonders aber noch weiter weg, drüben, jenseits des Ozeans, in der großen, freien Republik mit dem Sternenbanner; B r u d e r J o n a t h a n wird sie bei uns genannt.

Gerade eben, wo ich dies schreibe, hat sich die Polizei in Neuyork die republikanische Freiheit genommen, einem a r m e n Vanderbilt die Bude, die er aufgemacht hatte, wieder zuzumachen. Welchen gesetzlichen Grund sie dafür entdeckt hat, ist ihre Sache, leicht mag ihr die Entdeckung nicht geworden sein. Tatsache ist, daß sich der r e i ch e Vanderbilt über die Bude geärgert hatte. Indessen hindert so etwas natürlich keinen Yankee, groß und frei zu denken.

Ob sich die religiöse Heuchelei in dem klassischen Lande der Sekten spärlicher vorfindet und anmutiger darstellt als bei uns, weiß ich nicht. Ob sich die gesellschaftliche Vorurteilslosigkeit, die sich schon Dickens so herrlich offenbart hat, inzwischen besser entwickelt hat, weiß ich auch nicht. Vielleicht ist es Zufall, daß in Amerika Moden „kreiert" werden, wie das Einfeilen von Diamanten in Zähne und Nägel, wobei es übrigens die Tonangebenden der Wallstreet unmöglich belassen können. Welch ein Augenblick wird es sein, wenn sich irgend ein Astor oder

Vanderbilt dem Volke zuerst mit einem diamantüberſäten Naſenringe zeigt!

Am Schluſſe des Stückes gibt ſich Ibſen, was man vielleicht nicht in ihm ſuchen würde, als Galantuomo. Es wird eine Art Damentoaſt ausgebracht. Auch in der Heimat gibt es Menſchen, es ſind die Damen, die, hoch über der Unfreiheit und Heuchelei der ſogenannten guten Geſellſchaft ſtehend, die Stützen der wahren Geſellſchaft ſind, die keine Engherzigkeit, kein Vorurteil kennen, die — aber was geht das uns an. Alles dies — geſchah in Skandinavien, wo die kernigen, freien Nordlandreden zwar nicht ſelbſt zu finden ſind, aber doch, Ibſen ſagt es, ſo geartete Frauen haben.

Ernſthaft geſprochen: weder in der großen Welt, noch bei den Frauen in der überwältigenden Mehrzahl, noch irgendwo anders iſt das Gute und Echte auf Erden zu finden, als nur bei jenen Einzelnen, die zerſtreut in der Welt herumlaufen und durch ein nicht weiter beſtimmbares Band zueinander gehören.

Dieſe Menſchen haben aber im allgemeinen nicht die beſten Ausſichten im Leben, und vielleicht haben ſie nie ſchlechtere gehabt, als in unſern Tagen. Auch wem die Götter ihre herrlichſten Gaben in die Wiege gelegt haben, geht im Gewühl verloren, wenn er nicht, was ſehr ſelten und beinahe ein Widerspruch in sich ist, auch Geschäftsinn besitzt, oder wenn sich nicht, was aber auch ein besonderer Glücksfall ist, ein Geschäftsmann findet, der seine Gaben „finanziert" und ihm notgedrungen vom Gewinn abgibt. —

Im „Volksfeind" möchte uns der Dichter mit dem Gefühle entlassen, daß der Doktor Stockmann der eigentliche Sieger sei, was er ja auch unzweifelhaft ist. Leider kann dies Gefühl nicht aufkommen, weil wir uns angesichts seines fröhlichen Zukunftvertrauens sorgenvoll fragen: um Himmels willen, wie soll es diesem Unglückswurm im Leben gehen!

Diesem Blinden, der seine mit Händen zu greifende Waffe nicht sieht. Er war ja weder an die lokalen Behörden noch an die lokale Zeitung gebunden. Sollte im Gegensatze zu allem, was aus Norwegen bekannt ist, der Weg zu den vorgesetzten Behörden nicht gangbar gewesen sein, so hätte doch jede andre Zeitung die „Sensation" mit Kußhand aufgenommen. Er war noch dazu im Interesse seiner Mitmenschen unweigerlich **verpflichtet**, die Waffe zu gebrauchen. Das einzige, was ihn entlastet, ist, daß auch seine kluge Frau und seine gescheite Tochter während des ganzen Stückes, in dem doch so viel von der Presse die Rede ist, nicht ein einziges Mal auf den, man möchte sagen, selbstverständlichen Ausweg kommen. Für diese Sonderbarkeit ist mir bis jetzt, so oft ich darüber nachgedacht habe, keine andre Erklärung eingefallen, als die, daß das Stück dann Knall und Fall zu Ende wäre.

Aus einem Gusse stehen nur die Dramen Ibsens da, bei denen er uns die Wirklichkeit in ihrer ganzen erbarmungslosen Folgerechtigkeit gibt, Wildente, Hedda Gabler, Gespenster. Nein, ehrsame Bürger, hier ist keine ausgeklügelte Afterwelt, hier sind nicht Ungeheuer, die sich mit einem behäbigen „So was gibt's ja gar nicht" wegpusten lassen. Hier könntet ihr, wenn ihr wolltet, begreifen, daß in unsrer Zeit das Gräßliche nicht in jäh hereinbrechenden Schrecknissen besteht, sondern in gelassener, unscheinbarer, still wandelnder Notwendigkeit; und wie heilsam wäre es auch, hier zu wollen!

Ästhetisch verletzend freilich sind diese Dramen im höchsten Grade: es fehlt ihnen die Katharsis, der reinigende Ausblick in eine höhere Wirklichkeit. Es kann auch gar nicht anders sein. Was sollte das bei diesen unerbittlich zum Abschlusse geführten Verstrickungen für ein Ausblick sein, wenn nicht ein metaphysischer! Den aber gibt es für Ibsen nicht. Wie ein Renegat zeichnet der Dichter des Brand in seiner spätern Periode die Leute, denen ein solcher Ausblick möglich ist, als alberne alte Tanten Jule.

So gibt er denn den einzig richtigen Abschluß für die naturalistische Tragödie in der Hedda Gabler. Da sendet der größte Lump in dem Stücke der Titelheldin, die zwar auch abgebrüht genug, aber nicht hinlänglich schlau ist und sich deshalb in eine Lage bringt, in der sie es vorzieht, sich totzuschießen, den Nachruf ins Grab: So was tut man doch nicht!

Nun, auch so etwas tut man in Wirklichkeit nicht; auch der ärgste Lump spricht so nicht angesichts eines noch zuckenden Menschenleibes, und besonders ein höherer Beamter nimmt sich in acht, eine so — schnoddrige Bemerkung anders als nur in Gedanken zu machen. Aber in der Sache hat er vom Standpunkte des Naturalismus aus recht. Er lebt und amüsiert sich weiter; der Sterbende hat immer Unrecht. Doppelt Recht hat jener in unsern Tagen. Der echte Schuft, der Schuft kat' exochän, hat, wenn er über einiges Geld verfügt, heute bessere Aussichten in der Welt als jemals. Zu andern Zeiten hat man wieder mehr mit offener Gewalt, Bestechung, Mißbrauch der Standesrechte und dergleichen ausgerichtet, und so mag es sich ausgleichen. —

Es ist hier nicht der Ort, die Dramen Ibsens (natürlich nur die auf „Brand" folgenden) im einzelnen auf das Gesagte anzusehen. Wer sich für die Sache interessiert, mag es für sich tun.

Der Dichter bricht auf, um zu suchen, ob das Beste nicht irgendwo auf Erden zu finden sei. Er glaubt es von weitem zu sehen. Aber dann wieder ist es nichts gewesen. Aus dem nächsten Stücke erschallt ein verzweifeltes Nein. Nun hat der Greis das Fazit gezogen; es heißt: Nichts. Zu den Toten wirft sich der Dichter und beklagt es, daß er nicht gelebt hätte. Mit Unrecht. Der Versuch Ibsen mußte gemacht werden, so gut wie der Versuch Nietzsche. Die Epiloge zu diesen beiden Tragödien aus dem Lebensgange der Menschheit lauten gleich: Wenn dir die Harmonie des Jenseits ein Phantom ist, so laß vom Suchen ab; auf Erden ist keine zu finden.

VII.

In Angstträumen geschieht es wohl, daß sich ein guter Bekannter, in dessen Gesellschaft wir so manche behagliche Stunde verbracht haben, mit jener eigentümlichen Selbstverständlichkeit alles Traumgeschehens als ein bluttriefendes Scheusal offenbart. Sehen wir ihn uns nun späterhin auf seine heillosen Taten an, so zeigt sich uns, daß der Traum zwar unmögliche Lagen geschaffen, sich insbesondere auch kein Gewissen daraus gemacht hat, die Zeit der Handlung um ein Jahrtausend zu verschieben, daß er aber den eigentlichen Charakter unseres Bekannten so richtig dargestellt hat, daß wir nun erst merken, wie wenig wir uns bisher mit der Ergründung dieses neben uns hergehenden Menschen befaßt haben.

Wie solche gräßlich grotesken und in ihrem eigentlichen Kerne doch unwiderleglichen Traumgeburten muten die Ungeheuer Shakespeares an, seine Jago, Richard der Dritte, Edmund und wie sie heißen. Leibhaftig sind sie in ihrer grauenhaften Wahrheit in dem geheimnisvoll zeugenden Innern des Dichters aufgestiegen.

Nun aber zeigt sich das merkwürdige Schauspiel, und ich bin gern bereit, bei der Anfertigung von Witzen über diese meine Behauptung behilflich zu sein, daß das wache Bewußtsein Shakespeares, seine urteilende Vernunft, seinem schöpferischen Organ nicht immer gewachsen ist.

Wenn Richard der Dritte auf die Bühne tritt und erklärt, er wolle nun ein Schurke sein, so verletzt uns Heutige nicht etwa die naive Technik, die die Leute die Vorgänge in ihrer Seele in Monologen aussprechen läßt. Bei den für uns so fremdartigen äußern Zuständen, in denen die Handlung sich bewegt, und von denen jede Strophe mittelst jener verborgenen Harmonie der Sprache mit der Außenwelt widerklingt, erscheint uns diese Naivetät vielmehr als etwas Selbstverständliches.

Auch ist die Motivierung an sich tief genug, und es ist auffallend, daß Schiller in dem Monologe des Franz Moor, der doch wohl unmittelbar auf den Richard zurückzuführen ist, gerade das Wesentliche nicht ausdrückt. Nicht die Bürde von Häßlichkeit an sich ist es, um die Richard sich mit dem Schöpfer entzweit fühlt, sondern erst die aus der äußern Häßlichkeit allein nicht notwendig hervorgehende Tatsache, daß ihn niemand l i e b t.

So tiefsinnig dieser Gedankengang nun auch ist, es liegt ihm doch ein falscher Zirkel zugrunde, ganz abgesehen davon, daß jene berühmte, wenn auch recht anfechtbare erfolgreiche Werbung um die Königin-Witwe die Prämisse widerlegt. Wenn Richard nämlich keine Liebe findet, so ist es nicht, weil er häßlich, sondern weil er selbst lieblos ist. Er hat keine Liebe, darum findet er keine. Er selbst ist sein Schicksal; so wie er die Weltbühne betritt, ist ihm seine Rolle unabänderlich vorgeschrieben, und das ist eben seine Tragik.

Es ist uns unerträglich, daß jemand auftritt und den sorgfältig erwogenen Entschluß faßt, zu sein, was er von Geburt an gewesen ist. Shakespeare sucht in diesem Falle nach einer Motivierung, wo keine ist. Er läßt wohl einen Macbeth durch böse Geister in eine Lage bringen, wo er

4*

notwendig fallen wird. Aber die Frage, ob nicht zuweilen schon das Ich, als das jemand auf die Welt kommt, die Gabe böser Geister sein könnte, hat er nicht getan.

Im Othello scheint es zwar, daß Jago an seine Motive selbst nicht recht glaubt und sich im Grunde darüber klar ist, daß er das Böse aus Lust an der Sache tut. Aber auch hier vermissen wir, die wir nach dem Gesetzmäßigen auch in der perversesten Erscheinung zu forschen gewohnt sind, eben das Gesetz.

Richard sowohl wie Jago handeln in Wahrheit unter einem Naturgesetze, das so allgewaltig ist, wie Hunger und Liebe: alles was da ist, will seine Kräfte gebrauchen.

Richard und Jago sind die gebornen Intriganten. Beide haben — ich weiß nicht, ob die Schauspieler das heute mehr beachten, als es vor fünfzehn Jahren geschah — die erste, für den Intriganten auf dem Parkett der Königsschlösser wie für den Pferdehändler in der Dorfkneipe gleich unerläßliche Eigenschaft: sie sind vollendete Schauspieler. Sie haben ferner eine reiche Erfindungsgabe, die natürlich von der plastischen Gestaltungskraft des Dichters wohl zu unterscheiden ist. Sie sind endlich scharfsinnig in allen Dingen, besonders aber in der Beurteilung von Menschen. Wenn ein moderner Kritiker behauptet, Richards Menschenkenntnis scheiterte an Richmond als dem ersten reinen Menschen, der ihm begegnete, so sollte ihn doch die einfache Betrachtung, wie vollkommen Jago den edlen Othello und die engelgleiche Desdemona durchschaut und täuscht, darüber belehren, daß Shakespeare für seine sehr moralische, aber auch sehr blinde Psychologie nicht zu haben gewesen wäre.

Ich bin sicher, daß mehr als ein Leser mir einwerfen wird, nach meiner Deduktion müßte ja jeder, der Schauspielertalent, Erfindungsgabe, Scharfsinn und Menschenkenntnis besäße, ein schurkischer Intrigant sein. Wirklich wird ein Mensch mit solchen Gaben leichter als andre dazu werden. Aber es muß noch einiges dazu kommen. Zunächst natürlich wenig oder gar kein Gefühl für gut und böse. Ferner muß der jedem Lebendigen innewohnende Trieb, sich durchzusetzen, besonders stark sein. Endlich muß nicht die Lage der Dinge so sein, daß er auf geradem Wege schneller als auf dem bösen nach oben gelangen würde.

Richard dem Dritten sowohl wie Jago fehlt es nun auch gänzlich an andern Kräften, sich durchzusetzen. Richard ist zwar persönlich tapfer, aber in dem „glorreichen Sommer" des Friedens, den York herbeigeführt hat, kann er mit der Tapferkeit allein nichts anfangen, und weiter ist er nichts; er ist vor allem, wie sich nachher deutlich genug zeigt, nichts weniger als ein Staatsmann.

Jago versteht es zwar, den braven Soldaten zu spielen, aber zur Beförderung verhilft ihm das nicht, er wird übergangen. Wollte er sich als hervorragend gebärden, so würde er hier, inmitten kriegerischer Tüchtigkeit, sogleich demaskiert werden.

Beiden, Richard sowohl wie Jago, kommt denn auch nachher, im weitern Verlaufe, niemals der Gedanke, sie könnten anders handeln, oder gar, sie wären im Unrechte. Sie sind es auch gar nicht, so wenig wie eine beißende Brillenschlange. Aber freilich ist auch die menschliche Gesellschaft nicht im Unrechte, wenn sie solche Geschöpfe nicht unter sich dulden will. Es läuft zuletzt auf einen Kampf zwischen den positiven, schaffenden Mächten und dem auf das Leben an sich gerichteten, nicht produktiven Willen heraus, der sich nicht anders durchsetzen kann, als auf Kosten der andern. —

Die Kenntnis jenes so einfachen Naturgesetzes sollte man sich übrigens besonders im wirklichen Leben stets gegenwärtig halten. Menschen, deren vorherrschende Eigenschaft Schlauheit ist, und das sind heute in runder Zahl neunundneunzig von hundert, würden gegen die Natur handeln, wenn

sie nicht bei jeder Gelegenheit zusähen, wie sich
ihre Mitmenschen übervorteilen ließen. Dabei
verschlägt es nichts, wenn ihr Nutzen zu dem
angerichteten Schaden in gar keinem erträglichen
Verhältnisse steht. Es gibt Millionäre, crede ela
perto, die keine schönere Lust kennen, als unser=
einen, dessen Überlegenheit in höhern Dingen
sich ihnen mittelst eines geheimen Unbehagens
fühlbar macht, nach Möglichkeit zu überlisten,
vorzüglich, indem sie uns mit eignem Schaden
oder wenigstens umsonst für sich arbeiten lassen.
Hat ja doch auch, mit wenigen respektablen Aus=
nahmen, ihr Kniff von Anfang an darin be=
standen, daß sie sich die Früchte von andrer Men=
schen Arbeit angeeignet haben. Wenn ihnen nun
in unserm Falle ihre List gelungen ist, so fühlen
sie die Überlegenheit ganz auf ihrer Seite und
glauben, uns ohne Worte gezeigt zu haben, daß wir
gar nichts vermögen, wenn es heißt: hic salta. —

Man möchte sich versucht fühlen, bei den
meisten Shakespeareschen Dramen den Schluß
ganz einfach zu streichen. Was soll man dazu
sagen, wenn ein so hoch über das nur Ver=
ständige hinausgehendes Werk wie der Hamlet
mit der Erörterung abschließt, wem nunmehr
die Krone zufallen soll, und mit der rührsamen
Betrachtung, wie sehr sich Hamlet bewährt haben
würde, wenn er nicht hätte sterben müssen!

Im Macbeth erleben wir es mit dem tiefsten tragischen Grauen, das überhaupt denkbar ist, wie ein Mensch, weil er tapfer, edel und gut ist, von dämonischen Gewalten als das Opfer erlesen wird, ihre Macht desto furchtbarer zu offenbaren. Wie er von ihnen bis dahin gezogen wird, wo er sich sagt: nun darf ich watend im Blut nicht stille stehen. Wir sehen mit stockendem Atem, wie sich der Wald von Dunsinan auf ihn heran bewegt. Wir fühlen die Schicksalmacht selbst über die Bühne schreiten, wenn das Wort erschallt, daß der vor ihm steht, den kein Weib geboren hat. Wir hören mit wildem Entzücken, wie der tief in Schuld verstrickte, untergehende Mensch noch diesem seinem Verhängnisse das prachtvolle „Verdammt sei, wer zuerst ruft: halt, genug!" entgegenschleubert.

Nach alle diesem aber, wo man entweder ein aus dem geheimsten Weltinnern aufgefangenes Wort oder nichts hören will, wirft der Magier, der diese Welt von Dämonen gezaubert hat, den Sternenmantel ab und steht als gestrenger Moralist da, dem kein tiefsinnigerer Epilog einfällt, als: werft das Scheusal in die Wolfsschlucht!

Ich kann mir nicht helfen, ich finde darin so etwas wie Verlegenheit; man könnte vielleicht auch von einer Art Erschöpfung sprechen. In

dem traumartig schaffenden Organ des Dichters
steigt eine Fülle von Gestalten auf. Sie werden
geordnet, gegeneinandergestellt, das Drama selbst
eingeteilt, gegliedert, sein Steigen und Fallen
abgemessen, alles mit großer Klarheit und feiner
Berechnung. Nun aber verlangt es sowohl die
alte Regel wie das eigne verständige und ästhe-
tische Bedürfnis, daß das Ganze gewissermaßen
interpretiert, sein Sinn in einer abschließenden
Formel ausgesprochen wird. Da steht der Dichter
ratlos vor seinem eignen Werke: es fehlt an
der Weltanschauung. Das Drama hat sie, denn
das ewige Verhängnis der Menschheit ist in ihm,
und insofern hat sie auch der Mensch Shakespeare.
Aber er hat sie nur im Gefühl. Sein Verstand,
der ganz sicherlich nicht philosophisch gebildet gewesen ist, bleibt in der Weltanschauung seiner
Zeit befangen, das Göttliche ist ihm schlecht und
recht das Moralische.

Wäre es anders, stände hinter dem Dichter
Shakespeare ein Mensch mit der Weltanschauung
etwa eines Goethe, so hätte die europäische Kultur
in ihm ihren Gipfel erreicht, von dem es nur
noch bergab gehen könnte, womit beileibe nicht
gesagt sein soll, daß ihm einer der heute lebenden Dichter höher als etwa bis an die Knie-
scheibe reichte. —

In diesen Fällen, Macbeth, Hamlet und

andern, müssen wir uns bei Shakespeare die Katharsis selbst suchen.

In den Königsdramen besteht sie in dem Ausblicke auf eine Zeit des Friedens nach wilden Bürgerkriegen. Shakespeares Publikum mochte sich daran erbauen, uns, für die diese Friedenszeit längst Vergangenheit, und was für eine Vergangenheit, geworden ist, läßt er kalt.

Mehrfach bringt Shakespeare den Helden in eine Lage, in der der Tod, auch wenn er ein restloses, nichts bedeutendes und nichts verheißendes Aufhören wäre, immer noch als Befreiung erscheint, so die Kleopatra und die Julia. Die Spannung ist hier, ob es den zweien noch gelingt, zu sterben, ehe sie gefunden werden.

Im Othello hat sich der Genius in seiner nachtwandlerischen Sicherheit in so grauenvolle Abgründe gewagt, wie in kaum einem andern Menschenwerke. Furcht und Entsetzen hauchen heraus. Wer es vermag, sich einer Dichtung ganz hinzugeben, der erwacht aus dem Othello mit dem einen Troste: es war nicht Wirklichkeit. Diese Beruhigung steht uns hier statt der Katharsis. Shakespeares Zeitgenossen und wahrscheinlich er selbst haben anders empfunden. Sie haben sich wieder in ihrem Humor gefühlt, da gesagt wurde, die Marter des Schuldigen solle in diesem Falle noch besonders geschärft werden. —

Ich halte es für unmöglich, aus Shakespeares Werken auf eine in sich abgeschlossene Weltanschauung zu schließen. Our little life is rouded with a sleep, das ist die einzige Vorstellung von einem transzendentalen Dasein, die mehrfach wiederkehrt; sie ist nicht weit entfernt von einer Auffassung, die heute von vielen geteilt wird. Mit dieser Vorstellung eines unbewußten, traumartigen Fortlebens sucht Shakespeare nun aber absichtlich oder unwillkürlich die Religion seiner Zeit in Einklang zu bringen. Er läßt die Träume, die in diesem Schlaf kommen werden, durch unser moralisches Verhalten auf Erden bestimmt sein. Am Schlusse jenes bekannten Hamletmonologes erscheint dann aber das Gewissen wieder als ein höchst fragwürdiges Geschenk.

Der Geist von Hamlets Vater, der in der Szene zwischen Hamlet und seiner Mutter durchaus als Vision Hamlets erscheint, wird doch anderseits auch von der unbeteiligten Wachmannschaft gesehen und gibt Andeutungen, die unzweifelhaft auf das Fegefeuer hinweisen.

Im Macbeth ist die Erscheinung des toten Banquo eine Vision. Wie aber sind die Hexen aufzufassen, die doch der Grundton des Stückes sind? Als Symbole? Diese Deutung wäre bequem, aber auch recht rationalistisch; sie würde die eigenartige, gespenstische Gewalt des Ein=

drucks völlig vernichten. Man darf die Hexen gar nicht anders auffassen als Vertreter einer wirklichen Macht. Hat Shakespeare an einen wirklichen, höllischen Hofstaat geglaubt, oder ist sie so geheimnisvoll wie das Dämonische bei Goethe?

Ganz unzulässig ist es, anzunehmen, Shakespeare hätte nur dem Aberglauben seiner Zuschauer Konzessionen gemacht, mit denen seine eigne Überzeugung nichts zu tun gehabt hätte; dann wäre nicht die mächtige Dichtung entstanden, sondern ein Gespensterstück, das heute längst in den Orkus gesunken wäre.

Aber es mag allerdings sein, daß Shakespeare, der es erlebt hat, wie in England eine neue Religion eingeführt wurde, weil der König sich von seiner Frau scheiden lassen wollte, im Laufe der Jahre immer mehr zum Skeptiker geworden ist. Dann hätten ja freilich die Leute nicht völlig Unrecht, die ihn für die natürliche Weltanschauung reklamieren. Aber daß man es nicht übersehe: Shakespeare wird auch immer entschiedener Pessimist. Diese Tatsache wird ja wohl von keinem Shakespearekundigen bestritten. Auch konnte es gar nicht anders kommen: Die natürliche Weltauffassung setzt sich in der Seele eines Dichters unvermeidlich in Weltschmerz um.

Wer an die Welt mit den Ansprüchen eines höhern Sinnes herantritt und nicht hinter dem

Vergänglichen ein Dauerndes zu ahnen vermag, dem kann das Leben, wenn er nicht die Augen vor ihm zumacht, gar nicht anders erscheinen, als es Shakespeare erschienen ist: ein armer Komödiant, ein Märchen, erzählt von einem Dummkopf, voller Schall und Wut, das nichts bedeutet.

Wenn es richtig ist, daß kein Dichter Geschöpfe bilden kann, denen er nicht gewachsen wäre, so ist Shakespeare von Natur aus erstaunlicher, umfassender, unbegrenzter als Goethe.

Wie es Schiller versagt geblieben ist, auch nur eine jener warmblütigen Frauen zu gestalten, an denen Goethe so unerschöpflich war, weil ihm die so besonders Goethische Eigenschaft Liebenswürdigkeit völlig abging, so ist Goethen sein Alba für die Tragödie zu klein geraten; der düstre spanische Grande, Egmonts Verhängnis, durfte nicht so ganz als Mensch ohne Schicksal gezeichnet werden.

Greift man dagegen aufs Geratewohl ein paar Gestalten Shakespeares heraus, etwa: Heinrich den Vierten, Percy, Hamlet, Kleopatra, Desdemona, Romeo, Lear, so hat man das Gefühl, daß dieser Mensch in der Tat so etwas wie ein Universum in sich getragen haben müsse.

Wenn uns nun trotzdem Goethe als die größere Erscheinung, als die weiter und heller leuchtende Sonne gilt, so liegt das letzten Endes an Goethes

Weltanschauung, an seinem transzendentalen Optimismus. Jener Glaube, daß die Welt trotz alledem, trotz der ihm wie einem bekannten Vorherrschaft des Niederträchtigen, doch im innersten Wesen vernünftig, harmonisch, gut sei, ist mit dem modernen Positivismus, dem sie in der natürlichen Kausalität ohne Rest aufgeht, ganz unvereinbar. Goethe selbst hat es deutlich ausgesprochen: in der Ahnung, daß der Mensch ein Bürger jenes geistigen Reiches sei, woran wir den Glauben nicht abzulehnen noch aufzugeben vermögen, liegt das Geheimnis des ewigen Fortschreitens nach einem unbekannten Ziele hin.

Man soll sich nicht dadurch beirren lassen, daß die sogenannten starken Geister gewisse Aussprüche Goethes ins Feld führen, um ihn als einen der Ihren zu fordern. Diese Aussprüche werden zum Teil aus dem Zusammenhange gerissen, zum Teil gehören sie nur einer ganz bestimmten Epoche seines Lebens an. Gewiß, sein Wahlspruch ist gewesen: dem Tüchtigen ist d i e s e Welt nicht stumm. Er kannte die Gefahr, die in einer einseitigen Beschäftigung mit den letzten Dingen liegt. Aber die Überzeugung von dem Dasein einer höhern Welt war seiner Seele Bedürfnis, wie dem Körper das Atmen.

Wie hart würden auch zum Beispiel die Wahlverwandtschaften abschließen, wenn nicht jene leise

Hindeutung auf metaphyſiſche Hoffnungen das Vergangene von der Erdenſchwere in zartere Gefilde aufzuheben ſchiene!

Wie ſich anderſeits einem ſo großen Dichter wie Shakeſpeare, nicht durch bewußte Reflexion, aber durch unmittelbare Anſchauung jener verborgene Tiefſinn der Begebenheiten offenbart, jene von Schopenhauer ſo genannte ſcheinbare Abſichtlichkeit in dem Leben des einzelnen, die, wenn ihr Walten umſonſt iſt, in Ironie umſchlägt, davon finden ſich Beiſpiele genug.

Ich will hier eins der merkwürdigſten anführen, den Falſtaff.

Shakeſpeare konnte ſich damit begnügen, eine komiſche Figur geſchaffen zu haben, die als ſolche bis auf den heutigen Tag unerreicht geblieben iſt. Er hat es möglich gemacht, die Gemeinheit in Perſon auf die Bühne zu ſtellen, ohne daß man eines andern Empfindens fähig wäre, als des Vergnügens. Er hat damit eine Preisaufgabe für den Witz gelöſt, die man von vornherein für unlösbar halten würde. Dieſe Laune iſt in der Tat jenſeits von gut und böſe, neben ihr erſcheint alle das, was die Modernen als ihren über den Dingen ſtehenden Humor feil halten, wie abgeſtandene Himbeerlimonade.

Allein dem alles ſehenden Auge Shakeſpeares bleibt auch hier der bittere Kern nicht verborgen.

Er sieht hinter dem vergnüglichen Feuerwerke das nächtliche Dunkel, an das niemand denkt, das aber am Ende allein übrig bleiben wird. Er geht dem lustigen Kumpan von der Sektbank nach bis zum Totenbette. Unvermerkt wird aus dem Schwank eine Tragikomödie, die ihren regelrechten Höhepunkt hat: Falstaff in der Schlacht. Er ist hier mehr als der unwiderstehliche Witzbold mit seinen verblüffenden Finten und Ausbiegungen, er ist ein glänzender Dialektiker. Hier nun, wo Falstaff die Ehre in ein Phantom zerpflückt, in eine Narrheit geradezu, schlägt der Spaß heimlich in Tiefsinn um.

Es ist niemand da, die Ehre gegen Falstaffs feindliche Logik zu verteidigen. Das liegt an der Szene, mag Zufall sein, aber seine innere Notwendigkeit hat es auch: die Ehre ist hier nicht zu retten. Vor der Dialektik, das heißt vor dem nur die beweisbare Kausalität anerkennenden Verstande, zerfließt jedes hohe Gefühl unrettbar in Trug und Wahn. Es ist unwiderleglich, daß sich der einzelne als physisches Wesen, und nur als solches ist er sich ja ohne Problem fühlbar, besser steht, wenn er seinen Vorteil durchaus über die Ehre stellt. Nur freilich darf er eins nicht vergessen: es bringt Schaden, ohne Ehre zu sein, wenn man auf Leute angewiesen ist, die, Toren, die sie nun einmal sind, auf Ehre halten.

Hier nun liegt Falstaffs Verblendung, die ihn ruiniert wie einen tragischen Helden. Er kann sich nicht vorstellen, daß sein lustiger Prinz nicht im Grunde seines Herzens ebenso wie er selbst ein trinkhaftes und überhaupt vergnügliches Dahinleben für das einzig Erstrebenswerte hielte, und seine guten Gesellen von der Kneipe nicht nur für den einzig wünschenswerten Umgang, sondern auch für die zu den Würdenträgern der Krone prädestinierte Gruppe.

Statt des glänzenden Empfanges, auf den er gerechnet hat, bekommt der dicke Ritter seinen unzweifelhaft wohlverdienten Fußtritt.

Ganz unanfechtbar ist die vorsätzlich verletzende Form, in der der Prinz als König die ausgequetschte Zitrone wegwirft, beiläufig nicht, denn die üble Behandlung v o r h e r hat Falstaff mit Fug und Recht als kameradschaftliche Neckerei angesehen. Aber dafür ist er eben ein hoher Herr.

Bei alledem ist Falstaffs materielle Existenz nicht bedroht, er könnte lustig weiterzechen. Aber nun eben zeigt sich jener verborgene Tiefsinn der Dinge. Das Gefühl der erlittenen Kränkung erhebt sich mit solcher Gewalt in ihm, daß er daran zugrunde geht; man möchte sagen, er stirbt an gebrochenem Herzen.

Die Krankheit, die ihn hinrafft, ist freilich das auch wieder wohlverdiente Delirium. Allein sein ganzer Zustand, der Bruch in ihm, der ihm die Kraft zum Widerstande genommen hat, ist doch eine Folge der Kränkung.

In ihm selbst erhebt sich die Macht, die er auf dem Schlachtfelde aus der Welt hinausdisputiert hat, die Ehre, und an ihr stirbt er.

Man könnte einwerfen, daß nicht seine Ehre, sondern seine Eitelkeit gekränkt wäre. Aber Ehre und Eitelkeit gehören in dieselbe Kategorie, auch gibt Shakespeare unverkennbar das Bild eines Menschen, der sich ins Herz getroffen fühlt. Wäre nicht in dem alten Säufer die Menschheit stärker als sein Vorsatz, könnte er sich auch hier als den sittlichen Nihilisten halten, der er bewußt sein will und sonst auch ist, so schüttelte er die Kränkung ab, wie ein Pudel das Wasser. —

Es ist nicht wahrscheinlich, daß Shakespeare die tiefsinnige Ironie in dem Schicksal seines Falstaff zum Bewußtsein gekommen ist. Um so wahrer ist sie. Nichts in der Welt ist ohne Sinn, am allerwenigsten ein Menschenleben. Wo ein echter Dichter seinen Griff in die Welt tut, da läßt sich auch ein Sinn herausfinden.

Ein Naturalist hätte die Welt schlecht und recht um die exakte Schilderung eines delirium tremens bereichert. Auch Shakespeare geht nicht daran vorbei, das Krankheitsbild ist medizinisch unanfechtbar. Ihm jedoch zeigt sich hinter der

greulichen Groteske die zwar von einem nichts=
tuerischen und wüsten Leben entstellte, aber doch
in einem letzten Winkel menschlich gebliebene Seele.

Auch eine Lebensweisheit ergibt sich ungezwun=
gen aus der Fabel: ihr lustigen Gesellen von
der Bierbank mögt euren Witz üben wie ihr wollt,
ihr könnt das Leben auf die Dauer doch nicht
um seine Schwere betrügen.

VIII.

Wir leben in einer Übergangzeit! Das ver=
sichern Priester und Laien so einmütig, daß doch
wohl eine Gedankenlosigkeit dahinterstecken muß.

In der Tat werden die meisten, die das
Sprüchlein aufsagen, in Verlegenheit geraten,
wenn man sie fragt, welche Kategorie menschlicher
Angelegenheiten sie denn im Auge haben. Will
man sich als wohlwollenden Menschen erweisen,
so mag man sie darüber unterrichten, daß sie
jedenfalls die sozialen Verhältnisse meinen.

Ob der Satz so verstanden richtig ist, ob wirk=
lich eine neue Ordnung der Gesellschaft im Ent=
stehen begriffen ist? Wer sich sehr klug fühlt,
mag die Zukunft auf ein paar Jahre prophezeien;
wer noch klüger ist, hütet sich auch davor.

In allen übrigen Dingen aber wird man sich zunächst über die Bedeutung des Wortes Übergangzeit zu verständigen haben. Mir scheint es richtiger, darunter gerade die Perioden zu verstehen, in denen das Neue fertig geworden ist, Zeiten also der Beharrung, die die aufgehäuften Vorräte langsam verzehren.

Während der italienischen Renaissance bedeutete jeder einzelne jener großen Künstler einen neuen Weg, dessen Bahn sich erst vom Ende aus übersehen ließ, ein stetig Werdendes, das erst mit seinem letzten Werke als ein Ganzes erkennbar wurde.

War das eine Übergangzeit?

Nicht anders verhält es sich mit der Religion. Die ersten Jahrhunderte des Christentums sowohl wie die Reformation waren positive, schaffende, auf sich stehende Epochen. Die Zeiten, wo das Christentum und die, wo die protestantische Kirche festgegründet dastanden, sind Stagnation, große Pausen vor den schöpferischen Bewegungen, mit einem Worte: Übergangzeiten.

Mir will es scheinen, als wären die religiösen Kräfte heute am Werke. Aus einsamen Klüften erheben sich Stimmen. Sie verwehen in alle Winde, aber heimlich lauschende Ohren vernehmen einen gemeinsamen Ton in ihnen, der allerdings kaum in Worte zu fassen ist. Er ist weniger ein unerschütterliches „Dies ist das Heil", als ein Überdruß an der Trostlosigkeit des Skeptizismus, eine Sehnsucht nach Befriedigung des Herzens.

Niemand weiß, ob sich diese Stimmen jemals zu einem allen vernehmbaren, in klaren Noten festgehaltenen Akkorde vereinen werden. Aber das ist gewiß, daß, wenn es geschehen sollte, wieder eine Zeit des Überganges gekommen sein wird.

Wenn dies nun nicht Täuschung ist, wenn wirklich die Sehnsucht nach einem reinern Dasein auf ihren stillen Fittichen durchs Land zieht, so sind auch in jenen einsamen Klüften und nirgend anders die Quellen, aus denen der Dichtung neues Leben zufließen kann.

Das augenblickliche Bild der Literatur macht den Eindruck der Ratlosigkeit.

Der Naturalismus ist tot, aber man kann nicht sagen, daß er überwunden wäre, denn es ist nichts Neues an seine Stelle getreten, nichts wenigstens, das Dauer verhieße. Nach jener bekannten Erscheinung des Vor- und Rückflutens aller Dinge war der Weg der Schriftsteller, die den Naturalismus ablösten, von vornherein bestimmt: Flucht vor dem Objekt in jene Welt der Ideen, die von Raum und Zeit am liebsten gar nichts wissen möchte. Die Symbolisten und wie sie heißen, sind den Gefahren dieses Weges erlegen. Sie haben die Tugend des Naturalismus, Bescheidenheit vor dem Objekt, nicht geübt. Sie haben ferner jene höhere Welt nicht allgemein menschlich, sondern artistisch aufgefaßt. Es hat ihnen weder an Geist noch an ästhetischer Begabung gefehlt, aber an Persönlichkeit. Das Schicksal, daß man ihnen fast nur noch in der brutalen Verhöhnung der Witzblätter begegnet, haben sie nicht verdient, aber zu hoffen ist nichts von ihnen.

Heimatkunst? Ich kann mich beim besten Willen nicht für die Aussicht begeistern, daß am Ende die Musen von Lippe-Detmold und von Lippe-Bückeburg einander so abweisend gegenüberstehen werden, wie es früher die Staaten getan haben.

Zu den sogenannten Heimatkünstlern stellt vielleicht jedes der beiden Geschlechter des genus homo zwei Vertreter, von denen man nicht sagen kann, daß ihm der Himmel ein wenigstens ebenso langes Leben beschieden hat, wie seinen Werken.

Wenn wir nun aber zurücksehen auf das, was in der Literatur geleistet ist, so finden wir, daß nur die Epochen Dauerndes hervorgebracht haben, in denen sich ein bestimmter Ton durch die Schriften zieht. Es ist der zarteste Abglanz von dem, was sich der Nachwelt als Zeitgeist darstellt.

Vielleicht sind die Pfade keiner Zeit so labyrinthisch irre gewesen wie heute. Wenn man über-

haupt wagen will, etwas über das Weben der
Zeitkräfte zu vermuten, so ist es eben dies: die
Menschen sehnen sich nach Religion. —

Nichts liegt mir bei alledem ferner, als den
Schriftstellern ihren Weg anweisen zu wollen.
Daß nur niemand, den nicht seine eigne Natur
dahin treibt, sich mit jenen letzten Fragen befasse!

Es ist noch nicht lange her, da hat man es
schaudernd erlebt, was dabei herauskommt.

Schrieb da jemand einen Roman. Er war
einer jener Modernen, in deren Augen jeder,
der einen bürgerlichen Beruf ausübt, nieder=
trächtiger Gesinnung überführt ist. Da hat er
nun die Anschauungen und die Lebensweise der
Klasse, die nach seiner Überzeugung die einzigen
M e n s c h e n enthält, nämlich einer gewissen
weiblichen Großstadtbohème, lebendig und, soviel
unsereiner davon versteht, richtig geschildert, aller=
dings ohne daß er uns für seine Überzeugung
von der übermenschlichen Größe dieser Pflaster=
treterinnen gewonnen hätte. Auch die schwär=
merische Bewunderung des Verfassers für seine
Heldin, ein Fräulein Fuchs aus München, ist
für andre Leute nicht recht verständlich, dafür
jedoch grundehrlich. Gegen den Schluß hin
kommt er aber auf den Einfall, er müsse das
Seinige zu der religiösen Bewegung der Geister
beitragen, was doch niemand von ihm verlangt.

Er führt uns einen Propheten vor. Das ist nun nicht nur soviel unsereiner davon versteht, sondern absolut scheußlich. Freilich ist auch etwas unwiderstehlich Komisches dabei. Nachdem der Verfasser seinen Propheten eine Zeitlang teils breitgetretene Phrasen, teils Unsinn hat reden lassen, fällt ihm zuletzt doch nichts anderes ein, als daß der Prophet und Fräulein Fuchs einander noch näher als nah kommen, natürlich außerehelich. Der Verfasser hat sich offenbar redlich abgemüht, darüber ins Klare zu kommen, was so ein neuer Prophet denn wohl in der Welt zu tun hätte. Nach allem Hin und Her kommt ihm die Erleuchtung: das Weib! Es gibt ja doch nichts anderes zu tun in der Welt!

Ähnlich wird es allen ergehen, die sich an die höchsten Dinge wagen, während sie nur für die leichtern geschaffen sind: die innerste Gesinnung, über die sie sich in der Regel selbst nicht recht klar sind, tritt wie mit Naturnotwendigkeit zutage.

Ich möchte also niemand auf jenen Weg hinweisen. Ich möchte nur denen, die sich auf ihn getrieben fühlen, einen gewissen Bekennermut wünschen.

Allzulange hat es als Zeichen eines scharfen und starken Geistes gegolten, das Metaphysische von vornherein abzulehnen.

Wenn mich ein Werdender fragte, ob er Nietzsche lesen sollte, so würde ich antworten: Selbstverständlich. Aber zwischendurch lesen Sie immer wieder etwas von und über Bismarck, seine Briefe vor allem. Sie haben dann der verführerischen Skepsis Nietzsches eine Skepsis von einer ganz andern Art entgegenzusetzen.

Ich will niemand zumuten, den Bibelglauben Bismarcks zu teilen, mir selbst ist er etwas ganz Unmögliches. Aber es ist kein Zweifel, daß Bismarck nicht der gewaltige Staatsmann geworden wäre, wenn er der Skeptiker geblieben wäre, der er während eines Teiles seiner Jugendjahre gewesen ist. Es gibt Leute, die in ihm auch nichts weiter sehen möchten, als einen Unternehmer großen Stiles. Aber so wenig Bismarck des scharf berechnenden Verstandes jemals entbehren konnte, so wenig kam er damit allein aus. In solchen Augenblicken zumal, wo es uns Spätern vorkommt, als hätte die Weltgeschichte den Atem angehalten, um sich nun in einem ungeheuren Schicksal zu entladen, war jene nachtwandlerische Sicherheit nötig, in der sich der Genius mit dem Unerforschlichen, mit der Gottheit verbunden fühlt.

Man begreift die tiefe Wahrheit des Ausspruches, daß der Handelnde nicht ohne Frevel bleiben kann, wenn man sich an die Emser Depesche erinnert. Bismarck hat den Inhalt verdreht, darüber sollten ernsthafte Leute gar nicht streiten, aber auch nicht darüber, daß bies eine seiner größten Taten gewesen ist. In einer Bedenkzeit von Minuten mit einem schon an sich höchst gewagten Federstriche eine so ungeheure Verantwortung auf sich zu nehmen, das ist eine Zumutung, die die Notwendigkeit einem asiatischen Despoten stellen sollte, aber nicht einem Menschen von dem starken und zarten Empfinden Bismarcks. Er wäre dem Augenblicke bei all seinem Genie nicht gewachsen gewesen, wenn er sich nicht als auserlesenes Werkzeug einer höhern Macht gefühlt hätte. Zu den vielen von Moritz Busch überlieferten Aussprüchen, deren untrüglich bismarckischer Stempel die profundesten Expektorationen der Geschichtsprofessoren Lügen straft, gehört auch der, daß wir ohne seine starke Religiosität „einen solchen Kanzler gar nicht gehabt hätten." —

Nur die allergrößten Staatsmänner haben dies Gefühl des Verbundenseins mit unerforschlichen Mächten nötig. Cäsar hat es bekanntlich in hohem Maße gehabt. Aber nur die größten sind auch eigentlich produktiv. Die andern mögen kluge und weitdenkende Männer, tüchtige Beamte und wer weiß was sonst noch sein, produktiv sind sie nicht. Sie lösen einander ab, arbeiten zum Segen oder auch zum Schaden des Vaterlandes, aber jene eigenste Spur, jene Schattierung einer ganzen Zeitfarbe durch die eine Persönlichkeit hinterlassen sie nicht. —

Eher als in der Skepsis könnte die Poesie immer noch im Aberglauben gedeihen. Es scheint mir jedoch in unsern Tagen geboten, auf ein Gesetz hinzuweisen, das sich aus der Natur der Sache ergibt: keine Dichtung hat Dauer, die sich unterhalb des Bildungsgrades ihrer Zeit hält.

Der rastlose Mann der großen Tat mag sich für seine kurzen Sonntage an das Überlieferte halten, die Welt bedarf seiner Weisheit zu andern Dingen. Wer aber die Werke seines Geistes als solche der Nachwelt überliefern will, muß sich der Gedanken seiner Zeit bemächtigt haben, mögen seine letzten Schlußfolgerungen ihr auch fremd sein und von seiner Mitwelt als Hirngespinste oder Rückständigkeiten angesehen werden.

Ich halte es nun wahrlich nicht für mihi alienum, vor der hoffnunglosen Skepsis, die in unsrer Zeit trotz allem noch den Ton angibt, in das goldene Traumland des Okkultismus zu fliehen. Nur ist diese Flucht ein gefährliches Ding, denn die Grenzen zwischen der den Sinnen unsres Körpers ewig verschlossenen und der ihnen zugänglichen Welt verwischen sich leicht.

Kein Philosoph, ja selbst kein Zoologe kann

den Glauben an das Dasein verklärter Seelen widerlegen. Wer aber glaubt, daß verklärte Geister mit harten oder auch weichen Gegenständen in unsre Welt der Dinge hereinwerfen, der mag sich in seinen Träumen glücklich fühlen, aber er darf nicht hoffen, mit geistigen Erzeugnissen den Besten seiner Zeit oder gar der Nachwelt genugzutun.

Schließlich verwahre ich mich noch gegen die Auslegung, als erwartete ich das Heil von jenen Werken, in denen zwei Weltanschauungen gewissermaßen um die Meisterschaft kämpfen. Für mich hat zum Beispiel Hebbel den Nibelungenstoff dadurch, daß er am Schlusse den christlichen Gedanken siegend aufsteigen läßt, nicht vertieft, sondern verwässert. Aus dem schwarzen Teufelsrosse des feuerschnaubenden Berners wird bei ihm ein ehrbar trottender Prinzipiengaul. —

Am Schlusse des Wallenstein wird bekanntlich dem alten Piccolomini, dem letzten seines Geschlechtes, die Erhebung in den Fürstenstand verkündet.

Wenn man darin nur jenes ironische Verhängnis des einzelnen sehen wollte, so hätte Goethe recht gehabt, als er das „dem Fürsten Picolomini" wie einen Schlag empfand. Aber Schiller war viel mehr im Rechte, als er es stehen ließ, denn es sagt noch etwas anderes.

Wie der Todesengel schon für den Zuschauer in aller Deutlichkeit über Wallenstein schwebt, gedenkt er noch des toten Max mit einer Art von Neidgefühl: Er ist der Glückliche, er hat vollendet.

Dieser Gedanke, diese Stimmung wohl richtiger, klingt durch die Ironie des Schlusses ohne Worte und doch alles andre übertönend mit: der Lebende gehört dem „trüglich wankenden Planeten", der Tote hat vollendet.

Die Seele des Zuschauers lauscht noch wie das Ohr an einer Muschel den ungeheuren Kämpfen, die auf der Bühne ausgefochten sind, vor sich aber sieht er den armseligen Preis, der den Sieger verhöhnt. Nicht der redende Dichter, sondern der in seiner stummen Sprache so unendlich eindringlichere Geist alles Geschehens selbst ruft ihm zu: Erdenkämpfe werden um Phantome geführt. Der hier gesiegt hat, der Lebende, ist der Bedauernswerte. Die wahren Sieger sind, die vollendet haben, die Toten. —

Ich möchte den ganz Modernen in allem Ernste raten, einmal etwas von Schiller zu lesen; der Mann hat wirklich ganz lesenswerte Sachen geschrieben.

IX.

Der die Theorie von der Kunst als bewußter Selbsttäuschung aufgestellt hat, meint selbst, ihr eigentliches Wesen bestände noch in etwas anderm. Er freut sich nur darüber, daß er die „Illusions= ästhetik" mittelst zweier Bände e n t d e c k t hat, welche Entdeckung ihn wieder auf andre geführt hat, besonders darauf, daß auch „beim Witz und beim Komischen zwei kontrastierende Vorstellungs= reihen Genuß gewähren".

Ich werde mich, hol mich der Teufel, auch aufs Entdecken legen. Daß man die Kunst von jeher den schönen Schein genannt hat, daß aber Fritz Reuters Bauer, der im Freischütz dazwischen ruft, Max solle doch nur ja nicht schießen, über= haupt nicht ästhetisch genießt, das habe ich, kann's beschwören, auch gewußt. Freilich, wenn man statt schöner Schein sagt: bewußte Selbsttäu= schung, da ist die Sache schon psychologisch, und nun gar: kontrastierende Vorstellungsreihen! Gelt, da schaut's?

In der Musik sind es allerdings nur sehr wenige Kunstwerke, die Illusion erregen. In dem Liede „Viola, Baß und Geigen" ist die Illusion des Trompetenklanges nicht übel ge= lungen. Auch sonst sind es besonders Lieder der Studenten, die Illusion erregen, ferner einige jener hübschen Vertonungen für unsre Kleinen und allenfalls noch ein paar Stellen aus Haydns Schöpfung und ähnliches.

Oder besteht hier etwa die Illusion in der Versenkung in die Musik bis zur Selbstvergessenheit? Das könnte ja sein, denn allerdings bereitet uns das Dasein an sich so wenig Genuß, daß wir jede Ablenkung von uns selbst als Erleichterung empfinden. Aber das ist doch keine Besonderheit der Kunst, sondern es geschieht bei jedem Genusse und bei jeder Arbeit, überall, wo wir uns ganz an eine Sache hingeben. Der Ausdruck sagt es.

Auch läge dann für die Musik die Sache so, daß die Illusion womöglich bis zur Täuschung getrieben werden müßte. Denn je völliger ich über einem Tonwerke die Instrumente, die spielenden, die Arbeit und das Wissen des Komponisten, die Außenwelt, mich selbst vergesse, um so höher ist der Genuß.

Aber vielleicht kommen hier nur die ganz Modernen in Betracht, und man hat sich, an der Hand der Programme, in die Illusion eines tiefen Sinnes zu versenken, wobei man sich natürlich davor hüten muß, die Illusion so weit zu treiben, als glaubte man, es wäre wirklich ein Sinn da. —

Die Entdeckung von dem Wesen des Witzes

hat mich doch beinahe geärgert. Da ist wieder einmal einer früher als ich aufgestanden. Soll mir aber nicht wieder passieren. Schopenhauers Werke besitze ich, jetzt werde ich ganz einfach alle sechs Bände auf einmal entdecken. Nur seine Theorie des Witzes muß ich wohl schimpfeshalber weglassen. —

Nun aber soll die Kunst ja doch noch etwas anderes sein. Sie soll nämlich einen Zweck haben, und das einen biologischen: Erweiterung und Vertiefung des geistigen und körperlichen Lebens, und dadurch Erhaltung und Vervollkommnung der Art.

Die körperliche Erweiterung darf man wohl nicht wörtlich nehmen, und man muß sie wohl auf das Komische beschränken; mäßiges Lachen soll ja allerdings die Bauchmuskulatur stärken.

Die Erhaltung und Vervollkommnung der Art! Was für einen Zweck soll die denn nun wieder haben? Besser essen und trinken? Oder sollte unser höchstes Dasein am Ende auch wieder nichts anderes sein, als die Vertiefung in Geistiges, Seelisches, wozu in der vordersten Reihe die Kunst gehört? Verläuft dann aber die biologische Zweckbestimmung nicht in einem Zirkel?

Hat man denn gar keinen Sinn dafür, wie sehr man die Kunst erniedrigt, wenn man ihr biologische Zweckmäßigkeit unterschiebt? Auch stimmt die Sache tatsächlich nicht: die Engländer malen gute Bilder, die ja doch nach der Natur der Sache nur einem sehr kleinen Teile des Volkes zugänglich und verständlich sind, bauen gute Wohnhäuser und leisten Vorzügliches im Kunstgewerbe. Damit ist es aus. Die Kunst bedeutet ihnen im großen und ganzen nichts weiter als Komfort. Die englischen Journale, die teilweise selbst so gute Bilder bringen, betrachten einen Fußballkampf als etwas viel wichtigeres, als eine Gemäldeausstellung. Stehen die Engländer biologisch hinter irgend einem Volke der Erde zurück, oder sind Kricket und Fußball so viel wert wie Dichtung und Musik? Eins von beiden muß doch sein.

Wenn unser Theoretiker sich auf den Satz beschränkt hätte, daß die Kunst unser geistiges Leben zu erweitern und zu vertiefen bestimmt sei, so würde ihm kein Mensch widersprechen. Aber das ging ja nicht. Es wäre nicht exakt wissenschaftlich gewesen und hätte auch nicht zu zwei Bänden gelangt.

Wer im Mittelalter den Mönchen gesagt hätte, sie sollten den zu ihren scholastischen Untersuchungen nötigen Scharfsinn lieber zu ersprießlicheren Dingen verwenden, den hätten sie als einen völlig rustikalen Menschen aufs tiefste verachtet, auch wohl zwecks Errettung seiner Seele seinen Leib verbrannt.

Spätere Literaturforscher, die in den mit Kunsttheorien angefüllten Folianten unsrer Zeit blättern, werden den so ganz unfruchtbar aufgebrauchten Gelehrtenfleiß bedauern, der so Gutes hätte leisten können, wenn er statt dessen das Wesen und die Gesetze der einzelnen Künste untersucht hätte.

Freilich, wenn darüber ein ganz Forscher von der exakten Methode gerät, da kann auch etwas schönes herauskommen. Hat doch vor einiger Zeit so ein Prachtkerl angefangen, die Gesetze der Malerei mittelst der einzigen Beweisführung festzulegen, die solchen Herren einleuchtet, nämlich mittelst des Experimentes. Da hat er denn eine Anzahl schlichter Menschen aus dem Volke, in deren Augen die Kunst eine Schrulle reicher Müßiggänger ist, unvorbereitet verschiedene F a r b e n sehen lassen. Das Resultat ist, wenn ich nicht irre, gewesen, daß Dunkelblau mäßige Lustgefühle, Ziegelrot dagegen ziemlich lebhafte Unlustgefühle erregt — o, Verzeihung: a u s g e l ö s t hat, ein Resultat, das ja mit dem, was von vornherein zu erwarten war, in höchst befriedigender Weise übereinstimmt.

Für die Dichtkunst möchte ich folgendes vorschlagen: Einer Anzahl unliterarischer Menschen,

tunlichst Analphabeten, werden unvorbereitet
kurze und sehr einfache, gewissermaßen rudimen=
täre Gedichte vorgelesen, zum Beispiel:
Auf das Schmalz
Streut man Salz.
Hat man nun festgestellt, ob und eventuell in
welcher Stärke Lustgefühle sich ausgelöst haben,
so ändere man die Ansprache unvermittelt in:
Auf das Brot
Streut man Salz.
Höchst wahrscheinlich wird sich eine Vermin=
derung der Lustgefühle herausstellen, und nun
erhebt sich eine für den Experimentalpsychologen
wie er sein soll geradezu begeisternde Aufgabe:
festzustellen, wieviel von dieser Verminderung
auf das Vermissen des Reimes, und wie viel auf
die Vorstellung von dem lediglich mit Salz an=
statt wie vorher mit solchem und mit Schmalz
versehenen Brote, also auf ein außerhalb des
Ästhetischen liegendes Illusionsmoment zu rech=
nen ist.

In welchem Sinne sich aus diesen Experimenten
irgend welche Einsichten in das Wesen oder die
Gesetze der Künste ergeben sollen, das, ich gestehe
es offen, ist mir völlig unbegreiflich. Aber das
tut nichts, statistisch muß die Sache angefaßt
werden. Niemand kann von einem Gelehrten,
der Material aufspeichert, verlangen, daß er auch

noch darüber nachdenke, wozu sein Material gut sein soll. —

All diese Theorien sind bewußt oder unbewußt im Banne des Naturalismus. Sie behandeln als ein wichtiges Argument das Häßliche und das Deprimierende in der Kunst, und zwar so, daß sie es ausdrücklich oder stillschweigend dem Schönen und dem Befriedigenden gleichsetzen. Das haben die Naturalisten ja nun auch wirklich getan, und solange sie allein den Ton angaben, wurde jeder, der sich dagegen auflehnte, als Banause behandelt.

Man braucht indessen nur nach dem Häßlichen und dem Unbefriedigenden in den Kunstwerken zu fragen, die dem Wandel der Zeiten standgehalten haben. Da wird die Antwort allerdings gleich bei der Hand sein, aber nur darum, weil das Material nicht schwer zu übersehen ist, denn es ist sehr klein. An einem virtuos gemalten Stücke blutigen Fleisches zeigt sich eben nur der Virtuos, der der große Künstler zwar sein muß, der ihn aber noch lange nicht macht. Wieviel von der eben erst und noch keineswegs gründlich abgeschlossenen Epoche nach ein paar hundert Jahren übrig geblieben sein wird, wissen wir nicht. Es ist recht häufig, in der Regel sogar, anders gekommen, als die Lebenden gedacht haben. Die bildenden Künstler nun, deren Ruhm unerschütterlich dasteht, haben sich alle nur ausnahmweise, entweder in einer augenblicklichen Laune, oder um ganz bestimmter, im wesentlichen auf den Kontrast hinauslaufender Wirkungen willen mit häßlichen oder mit so unbedeutenden Vorwürfen abgegeben, wie etwa einem Bündel Spargel.

Der Inhalt der großen Dichtungen der Weltliteratur mag traurig, erschütternd, zerschmetternd sein, er ist niemals trostlos. Das ganz Trostlose, nämlich den endgültigen Triumph des Gemeinen über das Edle, hat erst der Naturalismus zu bringen gewagt. Es gibt keine durch das Urteil der Nachwelt anerkannte Dichtung, die so trostlos wäre wie der „Fuhrmann Henschel". Beiläufig gesagt hat es den Anschein, als ob Gerhart Hauptmann inzwischen zu ganz andern Kunstprinzipien gelangt wäre.

Auch selbst in dem furchtbarsten Drama, das ich kenne, im Othello, wird der Schurke doch am Ende vom Strafgerichte ereilt. Daß uns Menschen von heute der Ausblick auf die Folterung des Jago den Druck nicht von der Seele zu nehmen vermag, steht auf einem andern Blatte.

Nun aber wäre die Trostlosigkeit des Naturalismus künstlerisch gerechtfertigt, wenn sie der Wahrheit entspräche. Das ist jedoch keine Frage der Beobachtung, sondern der Weltanschauung.

In der Wirklichkeit siegt das Gemeine über das Edle allerdings nicht nur in Ausnahmen, sondern häufig. Auch müssen wir gestehen, daß wir uns einen transzendentalen Ausgleich nicht vorstellen können, weil wir alle unsre Vorstellungen der Welt der irdischen Kausalität entnehmen müssen. Von der kindlich rohen Auffassung Himmel und Hölle bis zu dem feinsten Spiritualismus bleiben all unsre Vorstellungen von einer endlichen Harmonie unzulänglich. Dennoch ruft uns ein unzerstörbares, durch alle Weltgeschichte und alles Geklapper des Tages vernehmbares Gefühl zu: es gibt doch eine ewige Harmonie! — Wir haben nur die beiden Möglichkeiten, uns an dies Gefühl zu klammern oder an der Welt zu verzweifeln. Gerade eben weil es eine Überzeugung des Gefühls und nicht des Verstandes ist: wer ist denn berufen, sie in das Gleichnis der Begebenheit zu fassen, wenn nicht der Dichter?

Sein Mittel ist freilich die organische Belebung, aber sein Problem ist Weltanschauung. Die uns umgebende Welt des Wirklichen zeigt sich uns atomistisch, zufällig, sinnlos. Nur in seltenen Augenblicken und nur von dem, der ein Organ für das innerliche Sehen hat, läßt sich ihre strenge und hohe Vernunft, ihr Göttliches ahnen. Dies von ihm als dem Hellsehenden Wahrgenommene den andern mitzuteilen, ist der

Dichter da. Wenn er nichts weiter vermag, als ihnen im Bilde zu sagen, daß der Kern der Welt nichts anderes wäre als das, was sich ihnen zeigt, dann behaupte ich, und wenn mich die Ästhetiker zehnmal für banausisch und dumm erklären: wir brauchen ihn nicht.

Natürlich kann ein gemeiner Bordellspaß virtuos erzählt und aus dem Stoffe des Faust ein miserables Rührstück gestümpert werden. Aber eine große Dichtung ohne edlen Inhalt ist ein Widerspruch in sich. Auch sind die höchsten Stoffe nur den Größten erreichbar.

Für eine **bestimmte** Weltanschauung die Schriftsteller einfangen zu wollen, liegt mir dabei meilenfern. Wenn sie sich nicht unterhalb der Bildung der Zeit hält, lasse ich jede gelten, nur nicht den Skeptizismus.

Ich habe das Gefühl, daß der stupende Aufschwung alles Technischen, der etwa den letzten zwei Dritteln des vorigen Jahrhunderts das Gepräge gegeben hat, heute im wesentlichen vollzogen ist, was auch im einzelnen noch geleistet werden mag. Für diese Epoche hat der Skeptizismus vielleicht sein Förderliches gehabt, insofern er die Zuversicht gegeben hat, die Beherrschung der Naturkräfte werde den Menschen nicht allein das Glück, sondern auch die Lösung der Welträtsel bringen.

Wenn nicht alles trügt, rückt die Zeit heran, in der diese Auffassung als im höchsten Grade **unmodern** gelten wird.

X.

Einer von denen, die glauben, sie vergäben sich etwas von ihrer naturwissenschaftlichen Unentwegtheit, wenn sie das Dasein der Kunst nicht biologisch zu rechtfertigen unternähmen, hat gemeint, sie sei wohl wesentlich Surrogat, ein Ersatz für die „großen Gefühle der Tatmenschen", und darum vorzugweise für die Dutzend- und Alltagsmenschen da, die wir in unsrer tatenlosen Zeit — tintenkleckjendes Säkulum sagt schon der große Räuber Moor — leider im Überflusse aufzuweisen hätten.

Es ist doch gut, daß Goethe diese Einsicht erspart geblieben ist. Er hat zu seinem Glücke keine Ahnung davon gehabt, daß er seinen Faust für Dutzend- und Alltagsmenschen geschrieben hat.

Ernstlich gesprochen: es ist kein gutes Zeichen für den Stand unsrer Literatur, daß solche Albernheiten nicht kompromittieren, daß man vielmehr weiß, man braucht nur paradox zu sein, so wird man auch für geistreich gehalten.

Wenn die Zustände in unsrer Literatur nicht so völlig zerfahren wären, wenn es heute eine Aristokratie unter den Schriftstellern gäbe, so würde diese Art Aufspielerei mit jenem stillen Tadel aufgenommen, durch den ein vornehmer Kreis Verstöße gegen den guten Ton so wirksam zu rügen versteht.

Nicht darauf ist etwas zu erwidern, sondern auf die kindliche Vorstellung von den großen Gefühlen der Tatmenschen.

Im Jahre 1867 hatte Otto von Bismard das für ihn Wichtigste schon erreicht. Der Gedanke des deutschen Reiches ist von außen an ihn herangetreten, die dänische Angelegenheit und die Rivalität zwischen Österreich und Preußen waren seine eignen, persönlichen Sachen. Man hat auch aus seinen Briefen den Eindruck, daß er sich 1866, wo er die Soldaten „zum Küssen" fand, noch mehr gehoben gefühlt hat, als 1870.

Aus dem Jahre 1867 nun stammt ein Brief Bismards an seine Schwester, worin die Stelle vorkommt: man entwöhnt sich so spät von der Illusion, das Leben solle nun bald angehen....

Wenn man Bismard gefragt hätte, wie sein Leben im großen und ganzen verflösse, so hätte er wohl ungefähr erwidert: mit Geschäften und die Nerven ruinierenden Kämpfen überbürdet, im übrigen alltäglich. Wenn man aber nach seinen großen Gefühlen gefragt hätte, so hätte er zuverlässig die Religion genannt.

Wer auch nur halbwegs ein Kenner des Menschensinnes ist, weiß, daß auch die größten Gefühle, die von 1870 wie die von 1866, immer nur Augenblicke in Bismarcks Leben ausgefüllt haben.

Der Herr Biologe hat allerdings auch nicht Bismarck im Sinne. Er phantasiert von großen Unternehmern, Kerls, die mit Millionen Jongleurstücke aufführen und Courage haben müssen wie ein Feldherr im Kriege.

Ob diese Art Leute, die ja allerdings als Millionäre oder als Zuchthäusler zu enden pflegen, mehr Tatmenschen sind als Bismarck, dürfte aber doch zweifelhaft sein, und auch das gewagteste Unternehmen ist schwerlich viel aufregender als die Verantwortung, die auf Bismarck gelastet hat.

Ein Mensch, der sich sein Lebenlang in einem abgelegenen Neste mit kleinlichen Sorgen und mit dem Übelwollen erbärmlicher Spießbürger herumschlagen muß, kann mehr hohe und starke Gefühle erleben als einer, der mitten in der großen Welt steht. Ebensogut kann es freilich umgekehrt sein. Nicht auf das, was man erlebt, sondern darauf, wie man es erlebt, kommt es an; alles Große ist zuletzt innerlich.

Da nun also mit dem Leben in der großen Welt nichts gewonnen ist, so käme ja zunächst das wohlbekannte Leben in Schönheit und selbstverständlich ohne Moral in Betracht, das sich schon deshalb vorzüglich zum Schlagwort eignet, weil man sich nichts Bestimmtes darunter denken kann; seine Propheten können also jeden Angriff mit der Behauptung abweisen, sie meinten etwas ganz anderes.

In Wahrheit meinen die Damen etwas anderes als die Herren, nämlich etwas, das sie, wenn sie sich nicht literarisch aufgelegt fühlen, himmlisch, süß, oder auch nieblich nennen.

Ernsthaften Männern ist die Vorstellung von einem solchen Leben nicht angenehm. Aber auch gegen die immerhin männlichere Auffassung, die die Welt als ästhetisches Phänomen auffassen will, läßt sich viel mehr sagen als für sie. Vor allem ist sie unwahr, denn die Welt ist eben kein ästhetisches Phänomen. Ich kann mir aber auch beim besten Willen nicht vorstellen, daß diese Lebensauffassung, sofern ich sie mir als möglich denke, tiefere Naturen befriedigen könnte; denn solchen ist es nicht darum zu tun, die Welt in schönen Schein aufzulösen und sich so ihren Anteil an der Schwere des Lebens vom Halse zu halten.

Zum Glück ist übrigens dafür gesorgt, daß

ein solches Leben immer nur einzelnen möglich wäre. Würde es allgemein, so würde es nicht nur an Handwerkern für das Bühnengerüst fehlen, sondern auch an Handelnden für das Schauspiel; denn die bedürfen des Antriebes Schmerzen bringender Leidenschaften.

Wohin man sich auch wendet, man wird immer wieder in den engen Kreis der Tagespflicht zurückgewiesen. Wer da keine Befriedigung findet, dem ist nicht zu helfen.

Aber auch in den engsten Kreis verfolgt uns die Frage: wozu dies alles?

Den letzten Versuch, die Antwort allein aus dem Diesseits zu finden, bedeutet Nietzsches Lehre von der Wiederkunft des Gleichen. Da nun aber, von allen andern Einwürfen ganz abgesehen, nach dieser Lehre nicht wir selbst immer wieder aufs neue die Weltbühne beträten, sondern nur Menschen, die uns glichen, so ist gar nicht zu verstehen, welchen andern Trieb sie befriedigen könnte als die Neugierde.

Aller Geist, aller Scharfsinn und alle Redlichkeit eines reichen Menschenlebens sind hier ausgegeben, um die Welt ohne Jenseits zu rechtfertigen. Es ist gut, daß der Wanderer auf diesem Wege soviel Blumen und Edelsteine gefunden hat, denn ohne die wäre das letzte Ergebnis nichts als eine Anekdote. —

Noch besser ist für Nietzsche, daß er für die Früchte seiner Aussaat nicht verantwortlich ist.

Ich habe einen gekannt, der hartnäckig die Meinung verfocht, ein Athlet oder ein Jongleur stände genau so hoch wie ein Kant oder ein Goethe, wenn er nur auch Erstaunliches in seinem Fache leistete. Solche Plattheiten wurden, wie sich von selbst versteht, von vielen für geistreiche Paradoxen und ihr Urheber für einen großen Philosophen gehalten.

Diesem Priester des Leibes hat es der Geist nun freilich inzwischen heimgegeben, er ist im Dilirium gestorben. Zu widerlegen ist seine Behauptung jedoch vom Standpunkte der Skepsis aus nicht. Ob Kant und Goethe die Machtstellung der Menschheit in der Natur verstärkt haben, ist mindestens zweifelhaft, und blonde Bestien sind sie am Ende wohl auch nicht gewesen.

Die Überzeugung von dem höhern Werte des Geistigen ist zuletzt auch nichts anderes als ein Glaube, und das empfinden wir zuweilen sehr lebhaft. Wohl jeden geistig Arbeitenden, der nicht als Olympier oder als Maulwurf geboren ist, fällt einmal jenes eigentlich diabolische Gefühl von der Unersprießlichkeit seines Lebenswerkes an. Ein wilder Drang treibt ihn dann zu den rauschenden Bächen des Lebens. Hier aber findet er, wenn er ja zu den wenigen gehört, denen weder die leidige Frage der Gesundheit noch die qualvolle des Geldes den Spaß verdirbt, die Erfahrung bestätigt, die uns der weltweise Olympier so mannigfach mitteilt: wenn der Tisch gedeckt ist, fehlt der Appetit, und wenn einen hungert, gibt es nichts zu essen.

Müde kehrt er in seine Klause zurück, und wohl ihm, wenn ihm nicht in dem Treiben der Welt die Stille der Seele für immer verloren gegangen ist. Will er sich nun aber für die Zukunft vor solchen Anwandlungen sichern, so bleibt ihm nur der metaphysische Glaube an die Beständigkeit des Innerlichen.

Der Positivist mag sich bei dem heftigsten Schmerze mit seiner Vergänglichkeit trösten; das Korrelat kann er nicht umgehen: auch die Läuterung, die tiefe Schmerzen mit sich bringen, auch die höchsten Gefühle, für die wir durchaus ein geheimes Band mit der Ewigkeit verlangen, gehen vorüber wie eine gute Zigarre.

Das Erhabenste, zu dem es die Menschheit jemals bringen wird, endet für den Positivisten mit dem organischen Leben unsers Planeten. Das wäre ja immerhin eine leidliche Spanne Zeit, vor allem heute, wo man schon die Erfindung einer neuen Stuhlbeinform zu den Ewigkeitsgedanken rechnet. Es gibt nun bekanntlich eine Auffassung, wonach die Menschheit nur um der

paar Leute willen besteht, deren Lebenswerk die
Äonen überdauert. Allein abgesehen davon, daß
diese Auffassung nur die haben, die sich offen oder
im stillen zu jenen Gipfeln des Menschentums
rechnen, ist sie ein Fehlschluß. Denn das Fort-
leben der großen Werke geschieht (von allem
Metaphysischen hier natürlich abgesehen) auf keine
andre Weise, als in dem Geiste der Nachleben-
den, unter denen oft Generationen hindurch nicht
ein einziger der Unsterblichen ersteht. Das wäre
denn also in den Augen jener Priesterschar ein
ganz unwürdiges Dasein.

*

In unsern freien Wäldern müssen wir es leider
dulden, daß aufrechtgehende Horden den Frieden
der Natur durch langgezogenes Geheul auf-
scheuchen. Mit Vorliebe gilt ihr Greinen dem
Schicksal eines Mannes namens Hofer, den zu
irgend einer Vorzeit die Henkerschar irgend eines
Tyrannen aus den Sängern nicht bekannten
Gründen zum Tode geführt hat.

Viel besser geht es in den Museen und Bilder-
galerien auch nicht her. Wenigstens in solchen
Räumen, wie in dem Zimmer der Sixtinischen
Madonna in Dresden, sollte in einer Ecke ein
starker Mann aufgestellt sein, dessen Pflicht es
wäre, jeden, der auch nur eine Silbe spräche,
in ernstem Schweigen, allen Bitten und Einwen-

bungen das Ohr verschließend, hinauszubringen. Selbst das tiefsinnigste Kunstgespräch hat Zeit bis nach der Betrachtung; vor dem Werke erscheint es armselig.

Wem es nun dennoch von einem gütigen Zufalle beschert worden ist, eine halbe Stunde ohne jede Störung vor der Sixtina sitzen zu dürfen, der wird, wenn er das Gemach in der rechten Stimmung verlassen hat, eine merkwürdige Erfahrung machen: all die andern Bilder, die er mit Recht vorhin bewundert hat und morgen wieder bewundern wird, erscheinen ihm unruhig, dürftig, traurig. Natürlich gilt alles hier Gesagte nur für die, die das Bild nicht, wie es die Ästhetiker von heute verlangen, ausschließlich auf seine malerischen Eigenschaften hin ansehen; wie es denn bekanntlich heute nicht mehr so viel gilt wie früher.

Auf Klingers in seiner grandiosen Einfachheit packender Beweinung Christi sehen wir doch eben nur Weinende. In den großen Kunstwerken des Mittelalters und der Renaissance findet sich dagegen ein Ausdruck des Gesichtes und der ganzen Haltung, der seither in der Kunst verloren gegangen ist, vermutlich, weil er in der Wirklichkeit ausgestorben ist; es ist der der religiösen Entrücktheit, des Überirdischen. Diesen Ausdruck habe ich wenigstens nirgends anders in solcher

Vollkommenheit gesehen, wie auf der Sixtinischen Madonna. So weit die Sprache eines Bildes sich in Worte fassen läßt, sagt uns dieses: es gibt eine Heimat, von der auf die Erde hinabzusteigen Schmerz bereitet; aber auch du Erdenwanderer hast nie aufgehört, dieser Heimat anzugehören, und bereinst magst du wieder ganz in sie zurückkehren. —

Eine ähnliche Stimmung ergreift einen wohl, wenn man den Faust zu Ende gelesen hat, mit dem erhabenen Nachspiele, das literarische Gassenjungen verspotten: andre Dichtungen fallen ab.

Wenn man nun auch, wie sich von selbst versteht, auch andern echten Dichtungen bald wieder gerecht wird, so bleibt doch das Gefühl dauernd, daß Dichtungen, die nicht ausdrücklich oder stillschweigend auf ein Höheres hinter dieser Welt hinweisen, flächenhaft erscheinen; bunte Bilder, die sich rastlos verschieben, in dem aussichtslosen Bemühen, jemals etwas anderes zu werden, als Fläche.

Nach der Sorte von Büchern, die den Mangel an Gestaltungskraft durch Erbaulichkeit ausgleichen will, trage ich freilich gar kein Verlangen. Wenn ein Schriftsteller es unternimmt, auf eine höhere Welt hinzuweisen, muß er vor allem erſt mit ſeinem Abſchnitte aus dieſer Welt fertig werden.

Auch die Flucht aus dem Leben in Einſiedeleien iſt nicht der rechte Weg. An ein metaphyſiſches Daſein glauben heißt nicht, ſich vom Erdenleben abwenden, ſondern es bereichern und vertiefen.

Nietzſche ſagt: Luſt will tiefe, tiefe Ewigkeit.

Das meine ich auch, und ſo jeder, der nicht oberflächlich fühlt. Aber die Wiederkunft des Gleichen kann dieſen Drang nicht befriedigen.

Wie die Dinge unſres Planeten erſt durch das über ihn ausgegoſſene Sonnenlicht weſenhaft werden, ſo erhält auch das Menſchenleben ſeine höhere Wahrheit durch die aus einer andern Welt einfallenden Strahlen; denn erſt dieſe geben ihm Zuſammenhang und Tiefe.

Nachwort.

Ich habe vor ein paar Jahren ein Buch mit dem Titel „Mehr Goethe" veröffentlicht, das mir viel Widerwärtigkeiten und Nachteile eingebracht hat. Es wird wohl auch mit dieser Abhandlung nicht anders kommen. Aber das soll mich nicht weiter anfechten, sie müssen's am Ende doch gehen lassen, wie es mag.

Zwar kann ich nicht von mir behaupten, daß mein Tintenfaß mit eitel Herzblut gefüllt wäre oder daß meine Feder ohne mein Zutun über das Papier sauste, weil der Geist in mir über mein besonnenes Ich Herr geworden wäre; sondern ich habe ganz einfach meine Ansicht ausgesprochen.

Auch ist dieser Aufsatz nicht bestimmt, neue Wege zu weisen. Weder fühle ich mich dazu berufen, noch könnte eine literarische Gruppe irgend etwas Gutes leisten, die einen von außen vorgeschriebenen Weg beschritte. Was ich an greifbaren Resultaten erwarte, ist allenfalls, daß hier und da ein Zweifelnder zum Entschlusse, ein Tastender zur Klarheit kommt. —

Von einigen, die mir sonst näher als manche andre stehen, wird mir vielleicht vorgeworfen werden, daß ich denen, die auf mich hörten, durch meinen Pessimismus allem Wirklichen gegenüber die Freude an dem Aufblühen des Vaterlandes und die Teilnahme am öffentlichen Leben überhaupt verleidete.

Allein zunächst muß man die praktische Wirkung nicht nur solcher Schriften wie dieser, sondern überhaupt der Literatur im weitesten Sinne nicht zu hoch anschlagen. Nicht Schopenhauer hat den Pessimismus verbreitet, sondern es ist bekanntlich umgekehrt geschehen, der damals aus andern Gründen Mode gewordene Pessimismus hat Schopenhauer populär gemacht.

Mir scheint aber ferner, daß der Überdruß, der Ekel geradezu an den öffentlichen Angelegenheiten unter den Gebildeten viel allgemeiner ist, als gewisse Herren sich träumen lassen, so allgemein, daß ihn der eine vom andern als selbstverständlich voraussetzt, und mir scheint ferner, daß ein Teil der Schuld auf den Optimismus fällt, der auch hier mehr fordert und erwartet, als diese Erde zu bieten hat.

Wunderdinge hat man sich von dem neuen

deutschen Reiche versprochen. Ist die materielle
Erhebung etwa ausgeblieben?

Eine kleine persönliche Erinnerung: Im Jahre
1871 war ich Sextaner. Ich trug damals hohe
Stiefel, deren Schäfte aus Glanzleder bestanden.
Ich erinnere mich nun, daß mich meine Mitschüler
umstanden und mich befragten, wie ich es angefangen hätte, meine Stiefel so blank zu putzen.
Ich kam in Verlegenheit, weil ich und zwei
andre die einzigen waren, die von dem Handwerke
nichts verstanden.

Heute sollte man einmal einem Sextaner zumuten, sich die Stiefel selber zu putzen! Einem
Manne, der auch dann kein gut gewichstes Paar
Stiefel liefern könnte, wenn er sich für den Rest
seines Lebens ausschließlich auf das Stiefelputzen
legte, kommt es gewiß nicht zu, die heutigen
Sextaner hierin zu tadeln, und ebensowenig darf
ich einen Stein auf sie werfen, weil sie sich zum
Abendessen nicht mehr, wie es damals allgemein
geschah, mit einem Butterbrot ohne Belag begnügen. Ich stelle nur die Tatsachen fest.

Die Lebenshaltung hat sich in dem letzten
Menschenalter bei uns so gesteigert, wie es vielleicht damals geschehen ist, als sich das Gold
und die Gewürze Indiens über Europa ergossen;
weniger sicherlich nicht. Glücklicher sind aber heute
weder die Sextaner noch die Erwachsenen. Statt

der Misere der Kleinstaaterei haben wir die wüsten Kämpfe der Parteien um den Brotkorb, die nicht anmutender werden durch die Phrasen von dem Gemeinwohl, an die niemand mehr glaubt. Die Steigerung der Lebenshaltung empfinden wir nicht. Dagegen ist das Witzwort Schopenhauers, daß die Professoren eigentlich zu Ackerknechten bestimmt seien, heute Ernst geworden. Während die Landwirtschaft schwer unter dem Arbeitermangel leidet, sind die höhern Berufsarten unerträglich überfüllt. Die Folge ist ein unaufhörliches Durchsickern gescheiterter Existenzen nach unten, bis dahin, wo der Bodensatz des Proletariats die Verlornen der Gesellschaft in sich verschwinden läßt. Ich weiß nicht, wie die Gelehrten der Volkswirtschaft über diesen Vorgang denken, aber daß er viel Menschenglück mit sich brächte, werden sie schwerlich behaupten. Rechnet man zu alledem noch die Krisen, wie wir jetzt in einer stecken und wie sie auf absehbare Zeiten immer wiederkehren werden, so läßt sich der Schluß nicht ablehnen: die Opfer von 1870 wären längst nicht so willig gebracht, wenn man gewußt hätte, wie es 1903 in Deutschland aussehen würde.

Es ist nicht anders und wird niemals anders sein: Erhebung und Niedergang lösen einander ab. Auch die glänzendste Geschichte, die die Welt kennt, die der alten Athener, zeigt uns nichts anderes. Wäre das Große auf Erden nicht zunächst und vor allem um seiner selbst willen da, so stände es schlimm damit. Zuletzt bleibt uns auch hier nichts anderes, als die metaphysische Zuversicht, daß wir alles, was das Individuum über sich selbst hinausführt, als irgendwie wesenhaft ansehen dürfen. Wer freilich in unsern Tagen nach der Weise der alten Israeliten an einen Gott glaubt, der sich seine besondere Vorliebe für die Deutschen nicht nehmen lasse, der ist am allerbesten daran; er wird sich aber auch durch mich nicht beirren lassen. —

Wenn mir nun endlich Einige vorwerfen sollten, daß ich meine Ansichten in den letzten vier Jahren zu einem nicht geringen Teil ziemlich gründlich geändert hätte, so wird es mich freuen; die haben dann meine Schriften wenigstens aufmerksam gelesen. Steinerne Tafeln vermesse ich mich eben nicht dem Volke zu geben. Vielleicht werde ich nach abermals vier Jahren abermals einen Teil meiner Meinungen geändert haben. Es müßte aber sonderbar zugehen, wenn ich nicht über das eine genau so denken werde, wie heute: der Optimismus, der seine Wurzel nicht im Jenseits hat, ist entweder blind oder lügnerisch, und auf alle Fälle seicht.

CPSIA information can be obtained
at www.ICGtesting.com
Printed in the USA
LVHW100843231122
733725LV00002B/104